Gedanken Lesen

Durchschaue sie alle und erstaune Deine Mitmenschen

Von David Neumann

Inhaltsverzeichnis

1. Einleitung

Liebe Leserin! Lieber Leser!

Lass mich raten: Du hast dich schon immer gefragt, ob es Menschen gibt, die tatsächlich anderer Leute Gedanken lesen können. Das wäre schließlich eine extrem nutzliche oder zumindest interessante Fähigkeit. Mit der Zeit bist du dazu übergegangen zu glauben, dass man zwar mit nicht direkt hören kann, was jemand anders denkt, aber dass es Menschen gibt, die aufgrund ihrer Beobachtungsgabe und Menschenkenntnis fast genauso gut darüber urteilen können, was in jemand anderem vorgeht. Diese Experten arbeiten vielleicht als Psychologen oder als Kriminologen für das FBI. Auch im Vertrieb, im Marketing oder der Werbung wären diese Hochbegabten wahre Verkaufstalente.

Letztendlich wäre diese Fertigkeit in jedem Beruf von Vorteil, wo man mit anderen Menschen zu tun hat (egal ob mit Kunden oder Kollegen). Und nicht nur das! Auch im Privaten hätte ein professioneller Menschenkenner viele Vorteile: Er wüsste stets, was in seinen Freunden vorgeht und wie er ihnen zur Seite stehen kann. Er könnte perfekt auf die Bedürfisse seiner Familie eingehen und harmonische Beziehungen erschaffen. Die Kunst des Smalltalk wäre ein Kinderspiel, denn passende Gesprächsthemen mit Unbekannten würden sich im Handumdrehen finden und die richtigen Vermutungen über den Gesprächspartner würden schnell Vertrauen und Sympathie stiften. Selbst in Angelegenheiten der Liebe und der Partnerwahl hätte er oder sie die Nase stets vorn.

Die große Preisfrage ist nur: Ist dieses unglaublich hilfreiche Talent angeboren oder durch jahrelange Erfahrung antrainiert worden? Lass es mich kurz machen: Menschen wie ein Buch zu lesen, kann man erlernen. Es ist ein Prozess, der sich über unser gesamtes Leben vollzieht und nie vollständig abgeschlossen ist. Es gibt jedoch große Unterschiede zwischen Menschen, die nicht einmal wissen, dass man mit etwas Übung zum Gedankenleser werden kann, und solchen, die aufgrund der richtigen Technik und speziellem Know-How schnell in den Rang eines wahren Mentalisten aufsteigen können. Da du diesen Text in den Händen hälst, gehörst du unmissverständlich zur zweiten Kategorie. Glückwunsch!

Und jetzt stell dir vor: Du triffst eine andere Person zum ersten Mal in deinem Leben und du bist nicht nur in der Lage, einige ihrer ureigensten Gedanken zu enthüllen, sondern kannst darüber hinaus auch noch Details ihrer persönlichen Zukunft treffsicher vorhersagen. Es scheint nichts weniger vorgefallen zu sein als die Offenbarung einer übernatürlichen Eingebung. Auch diese authentischen Vorhersagen zu machen und damit deine Mitmenschen in Erstaunen zu versetzen, lernst du in diesem Buch. Ich werde dich Schritt für Schritt in die uralten Künste des **warmen und kalten Lesens** einführen, die seit jeher von Zauberern, Weissagern, Seelenkundlern und Handlesern benutzt werden. Diese werden wir mit modernen Techniken des **neurolinguistischen Programmierens** (kurz **NLP**) weiter aufwerten, um dir einen maximalen Lernerfolg und größtmögliche Anwendungssicherheit zu garantieren. Denn seit dem Orakel von Delphi im antiken Griechenland (und bereits weit vorher) waren die Menschen von der Erkenntnis ihrer selbst und den Weissagungen der Zukunft fasziniert. Und glaube mir: Daran hat sich seither überhaupt nichts geändert!

Wenn du erst einmal verstehst, wie du das Verhalten, die Kommunikationsmuster und die Körpersprache eines Menschen zutreffend analysierst, kannst daraus Schlüsse über sein Leben, seine Persönlichkeit, seine Vergangenheit sowie Zukunft, und seine momentanen Gedanken ziehen. Ich bitte dich jedoch eindringlich darum, die hier erklärten Techniken in keinster Weise zu missbrauchen, um dir etwa einen unfairen Vorteil zu verschaffen oder jemanden zu seinem Nachteil zu manipulieren. Es gab in der Vergangenheit immer wieder Scharlatane, die dieses Wissen zu selbstsüchtigen Zwecken eingesetzt haben, und die Welt braucht defintiv nicht mehr Egoismus, sondern mehr Zusammenhalt und gegenseitige Unterstützung. Beachte daher immer den Grundsatz, dass sich jede durch deine Intervention involvierte Person schlussendlich besser fühlen sollte als vor deinem Eingriff in ihr Leben. So wird das hier vermittelte Wissen nur für gute Zwecke eingesetzt.

Ich wünsche dir nun viel Spaß beim Lesen, Ausprobieren und Erstaunen deiner Mitmenschen. Und ich hoffe, dass du dir stets im Klaren darüber bist, dass du mit deinen neu gewonnen Fähigkeiten sorgsam umgehen musst. Denn wie heißt es schon bei Spiderman: **„Aus großer Macht folgt große Verantwortung!“**

2. Kontext & Anwendungsgebiete

Die in diesem Buch vorgestellten Gesprächstechniken ermöglichen es dir, bei einer komplett unbekannten Person den Eindruck entstehen zu lassen, dass du großes Wissen über ihre Vergangenheit, Gegenwart und Zukunft hast. Dieser Prozess beginnt mit einer genauen Beobachtung deines Gegenübers, was dir als Ausgangspunkt in der Profilerstellung dient. Aufbauend auf diesem ersten Eindruck kannst du mithilfe einfachster Psychologie ein paar Aussagen treffen, die nahezu auf jede Person zutreffen. Danach folgen ambivalente Kommentare, die du je nach Reaktion deines Gesprächspartners entsprechend auslegen kannst, sodass sie in jedem Fall individuell zutreffen.

Außerdem wird jede zusätzlich geäußerte Information dazu genutzt, die Richtigkeit deiner Aussage weiter zu verstärken. In der heutigen Psychologie wird dieses aus **selektiver Erinnerung** und **subjektiver Validierung** zusammengesetzes Phänomen als **„Forer Effekt"** bezeichnet. Dieses Gesetz besagt, dass, wenn man Menschen eine Vielzahl an spezifischen und unspezifischen Behauptungen über sie selbst gibt, diese Menschen dazu neigen, sich vor allem an die Aussagen zu erinnern und ihnen Bedeutung zu verleihen, die auf sie persönlich zutreffen und/oder ihnen schmeicheln. Unzutreffende Behauptungen dagegen werden eher vergessen oder unbewusst heruntergespielt. Das selektive Gedächtnis unserer Gesprächspartner und die automatische Interpretation der Trefferaussagen in Verbindung mit der gut geschulten Redegewandheit eines ambitionierten Gedankenlesers erzielen so eine fast magische Wirkung.

Aber wo und wann macht es Sinn, Gedankenlesen einzusetzen? Nun, im Prinzip überall, wo du mit anderen Menschen zusammen bist. Jedoch solltest du dir darüber im Klaren sein, wann es angebracht ist, dies auch vor anderen zu äußern und wann nicht. Im Business-Meeting fällst du nicht gerade positiv mit deiner Seriösität auf, wenn du versuchst, die Umsatzzahlen des nächsten Quartals aus dem Kaffeesatz der Nespressomaschine zu lesen. Und auch bei der Fahrzeugkontrolle werden deine hellseherischen Fähigkeiten vielleicht eher zu einer Einladung auf die Polizeiwache mit anschließendem Drogentest beitragen. Doch ja, es gibt Situationen, in denen du ganz offen mit deinen Fertigkeiten prahlen und interessierte Freiwillige mit einer Demonstration derselbigen unterhalten darfst. Das kann zum Beispiel eine ausgelassene Geburtstagsparty sein oder auch ein tiefergehendes Gespräch unter Freunden. In diesem Kapitel lernst du, wie du Gedankenlesen in unterschiedlichen Kontexten einleiten kannst.

2.1 Dating, Smalltalk & Freizeitspaß

In einer freizeitlichen Umgebung mit Freunden, beim Smalltalk mit Kollegen oder sogar beim Kennenlernen potenzieller Liebesgefährt(inn)en kann man sein Gegenüber stets neugierig auf eine Kostprobe machen, wenn man einfach sagt: „Mir wurde vor kurzem mal gesagt, dass ich eine echt überdurchschnittliche Menschenkenntnis habe und fremde Leute überraschend gut durchleuchten kann.“ Dann setzt du einen tiefen, entspannten Blick auf und schiebst noch deinen Rettungsanker hinterher: „Es kann gut sein, dass ich in ein paar Details mal daneben liege, was bedeutet, dass die Verbindung zwischen uns nicht ganz steht. Ich werde mir jedoch allergrößte Mühe geben, sie so lange wie möglich aufrecht zu erhalten.“ Mit diesem mysteriösen Satz hast du dich also schon mal gegen den ein oder anderen Fehltritt abgesichert und entziehst somit notorischen Nörglern, pathologischen Besserwissern und ewigen Zweiflern den Boden, weil eine winzige Kleinigkeit nicht gestimmt hat.

2.2 Mastermind & Mentalist

Wenn du dich tatsächlich als Fernseh- oder Jahrmarktsorakel selbstständig machen und fortan mit deinem eigenen Set an Tarotkarten oder einer Zeit und Raum durchschauenden Glaskugel durch die Lande (oder zumindest von Hochzeit zu Hochzeit) pilgern willst, dann musst du natürlich eine etwas eindrucksvollere Geschichte auf Lager haben. Dann erzählst du am besten von einer uralten Gabe, die seit Jahrhunderten von Generation zu Generation in deiner Sippschaft als gut gehütetes Familiengeheimnis weitergegben wird. Vielleicht noch eine Anekdote über deine klarsichtige Ur-ur-ur-ur-ur-Großmutter Ilse, die einer der letzten Hexenverbrennungen Mitteleuropas zum Opfer fiel, weil sie den selbstgefälligen Adel vor einer tatsächlich bevorstehenden Dürre warnen wollte. Folter und Märtyrertum kommen immer gut an beim Publikum, bringen dir Sympathiepunkte und machen gespannt auf dein Anliegen. Du kannst deinem Auftritt natürlich auch eine weniger blutdrünstige Einleitung voranstellen, falls dir das eher zusagt. Ein bisschen Dramaturgie schadet aber nie.

2.3 Handlesen

Die Handlesekunst (auch Chiromantie, Chiromantik, oder Chirologie genannt) hat eine uralte Tradition und reicht zurück bis zu den frühen Hochkulturen Indiens, Ägyptens, Babyloniens und Assyriens. In der Antike war sie als Geheimwissenschaft hoch angesehen und hatte früher auch in Europa eine große Bedeutung. Mit dem Zeitalter der Aufklärung wurde ihre Verbreitung jedoch stark eingeschränkt und wird heutzutage nur noch von sehr wenigen ernsthaft praktiziert. Dennoch eignet sie sich prima als gesellschaftlich weithin akzeptierter Vorwand, um einen spielerischen Blick auf unser Schicksal zu werfen. Es gibt niemanden, der nicht neugierig darauf wäre, was du ihm **wortwörtlich anhand** der Linien seiner Haut über sein Leben zu erzählen weißt. Dazu muss jemand nicht mal besonders spirtuell oder esoterisch veranlagt sein. Viele probieren aus auch spaßeshalber gerne einmal aus.

Du sagst einfach: „Ich habe vor Kurzem ein interessantes Buch darüber gelesen, wie Handlesen funktioniert. Ich kann es zwar nicht besonders gut erklären, aber wenn du mir eine Chance gibst, können wir ja mal probieren, ob es klappt.“ Ein unverfänglicher Einstieg, es gibt nichts zu verlieren.

„Also mal sehen. Zuerst würde ich gerne wissen, ob dir schon mal jemand aus der Hand gelesen hat.“ Falls ja, dann kannst du nach der früheren Erfahrung fragen und dir schon mal merken, auf welche Dinge die Person positiv bzw. negativ reagiert hat. In den meisten Fällen wird es jedoch keine Vorerfahrung geben und du kannst sagen: „Klasse, wir starten also ganz unvoreingenommen.“

„Als allererstes würde ich dir gerne einen kurzen Überblick über deine Handlinien geben. Gib mir bitte deine Haupthand, also die rechte für den Fall, dass du Rechtshänder bist." Solange du zu Anfang zumindest ein paar einleuchtend klingende Erklärungen über die Technik des Handlesens abgeben kannst, machst du bereits einen viel professionelleren und glaubwürdigeren Eindruck.

„Die Lebenslinie symbolisiert die Stärke und Qualität der Lebenskraft. Die Länge dieser Linie sagt nichts darüber aus, wie lang jemand leben wird (was oft fälschlicherweise angenommen wird), sondern stattdessen wie viel Lebensenergie jemand hat. Die Kopflinie zeigt an, wie sich die Intelligenz eines Menschen äußert, wie du denkst und wie rational du bei Entscheidungen vorgehst. Die Herzlinie verdeutlicht die Emotionen einer Person und wie sich diese äußern. Die Schicksalslinie findet sich nicht in jeder Hand. Sie ist Ausdruck von großen Veränderungen in der Karriere, persönlicher Unabhängigkeit, Willenskraft und der Fähigkeit, sich an komplett neue Lebensumstände anzupassen. Wichtiger sogar ist, dass sie dein individuelles Potenzial andeutet." Plausibel klingende Erklärungen und positive Aussagen helfen deinem Gegenüber dabei, in dich und deine Fähigkeiten zu vertrauen. Und das ist letztendlich die Basis, um später von der selektiven Erinnerung und der subjektiven Interpretation deiner Aussagen zu profitieren. Dabei spielt es für den Laien überhaupt keine Rolle, ob die erstaunlichen Enthüllungen tatsächlich etwas mit den Linien auf der Hand zu tun haben oder einfach durch die richtige Gesprächstechnik entlockt wurden. Du musst dann natürlich trotzdem so tun, als kämen die Informationen allein aus dem Entziffern und Deuten der Hautfalten.

In der Zeichnung auf der folgenden Seite kannst du den ungefähren Verlauf der verschiedenen Handlinien exemplarisch nachvollziehen, um später die richtige Einleitung zu geben. Beachte dabei aber, dass diese von Person zu Person etwas unterschiedlich aussehen können.

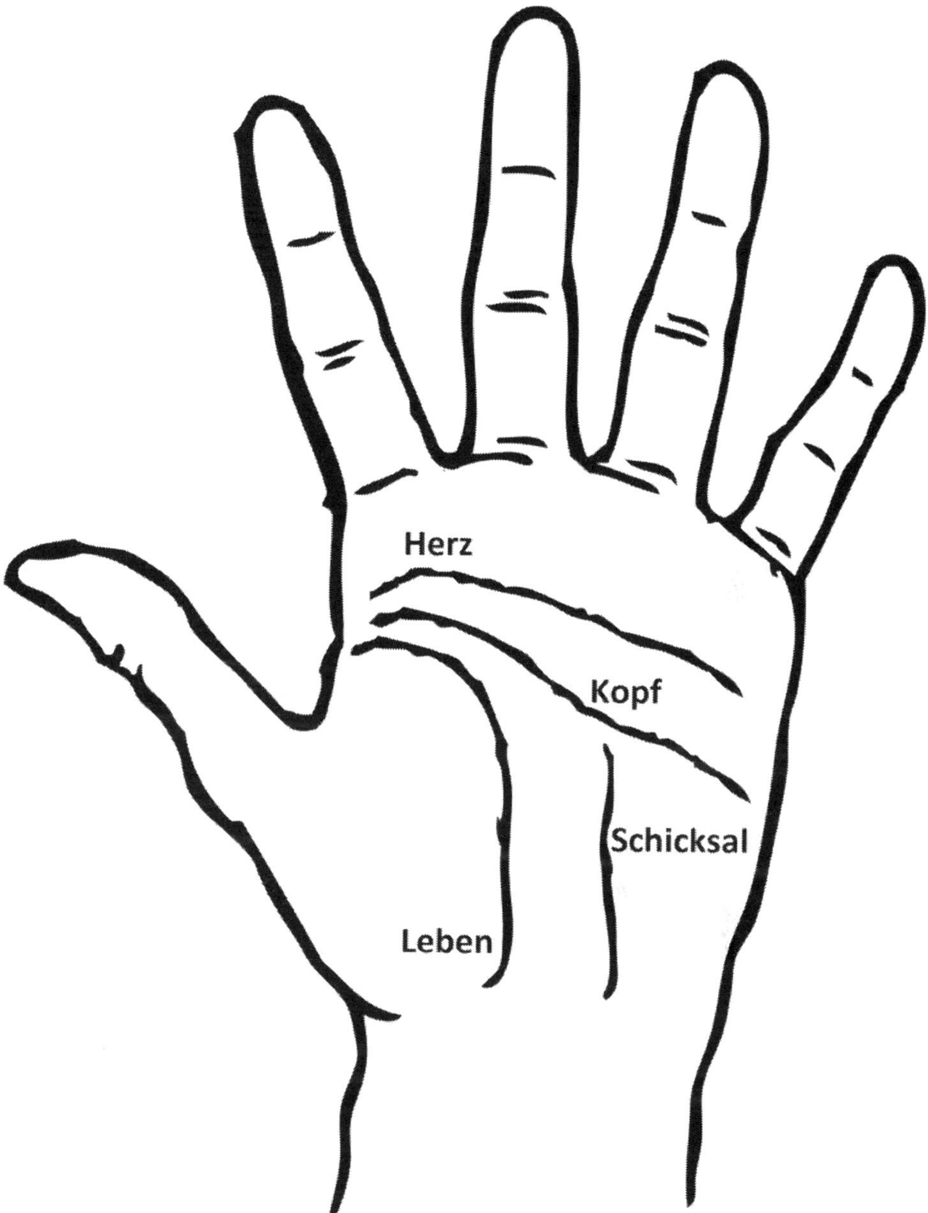
Herz
Kopf
Schicksal
Leben

„Ich werde nicht unbedingt immer ganz genau herausfinden können, was uns deine Handlinien mitteilen wollen. Manchmal ist es einfach nicht ganz eindeutig, so als wenn man in eine neblige Landschaft schaut. Die genaue Bedeutung wird dir dann eventuell klarer sein als mir. Behalte das nur mal für dich im Hinterkopf." Das ist eine schöne implizite Einladung an dein Gegenüber, dir beim Interpretieren deiner Aussagen und dem Zurechtmünzen auf sich selbst behilflich zu sein.

„Um ganz ehrlich mit dir zu sein, muss ich zugeben, dass ich manchmal auch Fehler mache. Es wäre toll, immer alles absolut richtig und klar zu sehen, aber letztendlich bin ich auch nur ein Mensch, und alles was ich tun kann, ist, es so gut wie möglich zu versuchen." Das ist der handelsübliche Rettungsanker gegen Fehltritte ganz zum Schluss, kann man je nach Vorliebe aber auch schon früher bringen.

3. Warmes Lesen

Als **warmes Lesen** (Englisch: „warm reading“) bezeichnen wir die Technik, aus dem **äußeren Erscheinungsbild** einer Person wertvolle Informationen abzuleiten. Wir alle benutzen diese Technik bereits tagtäglich im Alltag, oft jedoch unbewusst. Wenn du jemanden in Anzug und Krawatte siehst, dann wirst du ihn wohl als konservativer und eventuell auch vertrauenswürdiger einstufen als den Punker mit zerschlissener Lederjacke und Nietenhalsband. Diese Stereotypisierung muss natürlich nicht stimmen, aber sie hilft uns, unsere komplexe Welt in einfachere Schemata herunter zu brechen und somit verständlicher zu machen. Unser Gehirn sucht ständig nach solchen äußeren Hinweisen, auch Clues genannt, scannt unsere Umwelt danach ab und fällt in Sekundenbruchteilen Urteile über andere Personen und Situationen.

Das läuft ganz automatisch ab und oftmals auch unbemerkt. Das ist der Grund, warum es so einfach ist, auf Vorurteile gegenüber Minderheiten (Ausländer = kriminell) oder Personengruppen (Brillenträger = intelligent) hereinzufallen. Aber es schützt uns auch vor potenziell gefährlichen Situation, z.B. im Straßenverkehr oder bei der Entscheidung, jemandem zu vertrauen oder nicht. Oftmals spricht man dann von einem **„Bauchgefühl“**, welches im Prinzip nichts anderes ist als unser vorbewusstes Gehirn. Denn der Bauch ist nach dem Kopf das Körperteil, in dem sich die meisten Verbindungen unseres Nervensystems befinden. Im Bauchgehirn (medizinisch: Enterisches Nervensystem) haben wir tatsächlich fünf Mal mehr Nervenzellen als im Rückenmark und dort sitzt das, was wir gemeinhin als **Intuition** bezeichnen.

3.1 Warmes Lesen Trainieren

Im Gegensatz zum kalten Lesen sind also alle Menschen dazu in der Lage, warmes Lesen anzuwenden und tun dies auch sehr häufig im Alltag. Die Frage ist nur, **wie bewusst** sie das tun. Denn den meisten Menschen bleibt das zugrundeliegende Urteil für ein positives oder negatives Bauchgefühl komplett verborgen. Sie fühlen sich einfach danach, etwas zu tun bzw. jemanden zu mögen, oder verspüren eine gewisse unkonkrete Ablehnung. Ja, ich würde sogar behaupten, dass die meisten Menschen nicht einmal auf die Idee kommen, sich zu fragen, warum das so ist. Wenn du ein wirklich guter Menschenleser werden möchtest, ist das deine allererste Baustelle. Lerne, deine eigenen Motive, unbewussten Entscheidungen und **automatischen Urteile zu verstehen**. Gehe ihnen auf den Grund und finde heraus, warum du bestimmte Menschen in deinem Bekanntenkreis mit bestimmten Gefühlen und Charaktereigenschaften verbindest. Schaue danach, ob du wirklich konkrete Belege für diese Einschätzungen finden kannst.

Danach mache das gleiche mit dir unbekannten Menschen. Wenn du das nächste Mal an der Ampel stehst, auf den Bus wartest oder im Straßencafé sitzt, betrachte einfach einmal die Personen um dich herum und versuche hineinzuspüren, wie du jeden einzelnen einschätzt und wie du zu diesem Urteil kommst. Sicherlich gibt es bestimmte Hinweise, die dein unterbewusster Verstand versucht hat zu interpretieren. Das kann zum Beispiel die Kleidung sein, aber auch die Körpersprache, der Gesichtsausdruck, das Alter und Geschlecht der Person, die Begleitung an ihrer/seiner Seite, der Kontext und Ort des Geschehens, ob sie ein Haustier dabei hat und so weiter.

Aus all diesen kleinen Details setzt sich dann eine Einschätzung zusammen, die du dir bewusst machen kannst. Je öfter du diesen Prozess an dir selbst analysierst, desto bewusster wird dir, wie viele kleine Botschaften wir alle (!) allein durch unsere pure Anwesenheit aussenden.

Deine Intuition liegt in den meisten Fällen sogar goldrichtig, sodass du von ihr sehr viel darüber lernen kannst, Menschen aktiv zu lesen und schnell zu kategorisieren. Auch wird dir vielleicht zum ersten Mal richtig bewusst, welche Hinweise du selbst mit deinem Aussehen, deiner Kleidung, deiner Körpersprache usw. aussendest. Mit etwas Training werden dir diese kleinen Hinweise immer schneller und detailreicher auffallen, **dein Bewusstsein dringt in dein Unbewusstes vor** und schöpft nun aus dessen tiefen Brunnen. Mit diesem zusätzlichen Wissen hast du sehr viele Vorteile, wenn es darum geht, Menschen richtig einzuschätzen, Smalltalk zu halten, und Fettnäppchen beim Kennenlernen zu vermeiden. Aber auch für das darauf aufbauende kalte Lesen bekommst du einen zusätzlichen Vorsprung, der dich noch treffsicherer macht.

Damit deine Fähigkeiten im warmen Lesen schnell ein überdurchschnittliches Niveau erreichen, solltest du deine eigenen Urteile über andere Menschen immer wieder analysieren und regelmäßig hinterfragen. Gerade mit Menschen, die du gerade erst kennenlernst und über die du noch nicht viel weißt, hast ein geniales **mentales Testgelände** vor dir. Du solltest deinen ersten Eindruck von neuen Personen unbedingt aufschreiben und vor allem die Gründe dafür in ihrer/seiner äußeren Erscheinung benennen. Sobald du die Person besser kennenlernst, kannst du Stück für Stück überprüfen, ob du mit deiner ersten Einschätzung richtig gelegen hast und welche äußeren Eindrücke du dabei zutreffend interpretiert hast bzw. welche dich fehlgeleitet haben. Mit dieser Übung schärfst du deine **Menschenkenntnis** ungemein und wirst dein Leben lang von ihr profitieren!

3.2 Sichtbare Hinweise

Natürlich liefert uns das Aussehen eines Menschen wertvolle Informationen über seine Gedankenwelt. Beim warmen Lesen können dir daher folgende Aspekte gute Hinweise geben.

Kleidung: Kleider machen Leute! Achte penibel auf Kleidungsstil, Preisniveau der Marken, Sportlichkeit vs. Stil, abgetragen oder neu, genau passend oder zu groß/klein - all das verrät dir etwas darüber, wie viel Wert jemand auf Äußerlichkeiten legt, wie er oder sie wahrgenommen werden will und wie viel Geld jemand zur Verfügung hat.

Schmuck: Ähnlich wie Kleidung, aber hier gibt es noch zusätzliche Symbolkraft. Ein klassisches Beispiel ist der Ehering, der dir in Sekundenbruchteilen eine Menge über die Lebenssituation eines Menschen verrät.

Accessoirs: Egal ob Bauchnabelpiercing, Jamaica-Beanie oder selbstgefilzte Handtasche - alles sendet eine gewisse Botschaft, die du mit etwas Übung wie automatisch interpretieren kann.

Frisur: Geht jemand regelmäßig zum Frisör oder rasiert sich aus Sparsamkeit lieber selbst den Schädel? Sind die Haare gefärbt oder grau meliert? Frisch gewaschen oder so fettig wie Ottos Frittenbude auf dem Aldi-Parkplatz? Was sagt dieses Verhalten über die persönlichen Prioritäten aus?

Mundhygiene: Sind die Zähne geputzt, gerade und gut gepflegt oder schief (keine Spange getragen), von Zigaretten gelblich verfärbt und mit Löchern übersät?

Tattoos: Namen der Kinder, chinesisches Zeichen oder Knasterinnerung? Selbst ein verblichenes Arschgeweih lässt Rückschlüsse auf die Vergangenheit und die Persönlichkeit eines Menschen zu. Generell gibt die Haut eines Menschen viele Informationen über seinen Lebensstil und seine Gesundheit preis.

Körpergröße: Kleine Männer haben oft Probleme mit ihrem Selbstbewusstsein oder versuchen dies mit extra großem Ego zu kompensieren. Sehr große Frauen machen sich dagegen oft kleiner als sie sind, um nicht zu sehr aufzufallen. Natürlich ist das (wie alle Anregungen hier) kein allgemeingültiges Gesetz aber zumindest kann es der Ausgangspunkt für eine Theorie sein, die du dann im weiteren Gesprächsverlauf annehmen oder verwerfen kannst. Mit zunehmender Erfahrung wirst du diese Dinge auch immer besser einordnen können. Übung zahlt sich aus!

Fitness: Waschbrettbauch oder Fettwanst? Couchpotatoe oder Sportjunkie? Irgendwas dazwischen? Sportlichkeit oder dessen Gegenteil sagt eine Menge über die Freizeitgewohnheiten, Vorlieben und das allgemeine Lebensgefühl eines Menschen aus. Versuche dich in jeder Hinsicht so gut es geht in dein Gegenüber hineinzuversetzen. Wie fühlt es sich wohl an, in ihrem/seinem Körper zu stecken?

Attraktivität: Hübsche Menschen werden von anderen freundlicher behandelt, bekommen eher eine Jobzusage und werden generell von anderen Personen als vertrauenswürdiger, intelligenter und moralisch überlegen eingestuft. Diese eigentlich unfaire Bevorteilung rein aufgrund des Aussehens konnte in zahlreichen Studien wissenschaftlich belegt werden, und hat sicherlich auch einen Einfluss auf die Gedankenwelt der Betroffenen. Nicht zu vergessen die Aufmerksamkeit, die sie gewöhnt sind. Wie es dagegen von der Natur weniger reich beschenkten Menschen geht bzw. wie sich mit diesem Schicksl arrangiert haben, kann ein weiterer interessanter Beginn deiner Überlegungen sein.

Alter: Wie viele Jahre jemand auf dem Buckel hat, kann ein Anhaltspunkt für seine derzeitige Lebenssituation, seine Sorgen, Wünsche und Gedanken sein. Darauf gehen wir im anschließenden Kapitel noch im Detail ein. Das richtige Alter zu erraten, kann mitunter aber ganz schön schwierig sein, da sich verschiedene Faktoren wie z.B. Rauchverhalten, Genetik, Ernährung, Sport, Makeup etc. auf die äußerliche Erscheinung auswirken. Am besten schaust du dir die Falten um die Augen an. Daran liest man am zuverlässigsten das Alter einer Person ab, wenn man ein paar Vergleichspersonen und deren Alter in Erinnerung hat.

Natürlich sind das nur erste Anhaltspunkte für deine **mentalen Hypothesen** und noch keine sichere Basis für eine perfekt zutreffende Analyse. Das ist trotzdem nicht nur besser als nichts, sondern schon eine ganze Menge, gemessen daran, dass du noch kein Wort mit der Person gewechselt hast. Die meisten Menschen achten viel zu wenig auf aussagekräftige Details im Äußeren und tappen deswegen beim Smalltalk oder Kennenlernen in leicht vermeidbare Fettnäppchen. Wie du deine Annahmen effektiv überprüfst, schauen wir uns später im Teil des Buches zum kalten Lesen an. Jetzt befassen wir uns zunächst mit weiteren warmen Lesetechniken.

3.3 Lebensabschnitte

Es gibt verschiedene Zeiten im Leben eines Menschen, die alle durch eine **unterschiedliche Gewichtung der persönlichen Prioritäten** gekennzeichnet sind (Bindung an die Eltern, Kindheit, Bildung, Karriere, Partnersuche, eigene Familie, Freizeit, Rente, usw.). Auch hier gilt, dass uns mit zu starken Verallgemeinerungen nicht allzu sehr geholfen ist, da jeder Menschen individuell anders ist und sich die verschiedenen Phasen auch überlappen, überspringen oder komplett ausbleiben können. Trotzdem ist es auch hier gut, eine erste Idee im Kopf zu haben, an der wir uns wie an einer Leine durch die Finsternis entlang hangeln können bis sich unsere Augen an die Dunkelheit gewöhnt haben bzw. bis wir uns ein zutreffenderes Bild von unserem Gesprächspartner gemacht haben. Im Folgenden findest du daher eine Zusammenfassung der unterschiedlichen Lebensabschnitte eines Menschen in unserem westlichen Kulturkreis. Sehe sie als Hilfestellung, nicht als Dogma, zum warmen Lesen an.

3.3.1 Junge Erwachsene und die Selbstfindung

Vor dem Erreichen des gesetzlichen Erwachsenenalters heißt es bei Jugendlichen oft: „Ich will endlich weg von meinen Eltern, anders sein, mich abgrenzen!“ Meistens folgen diesen Gedanken (oder manchmal auch Worten) in der Realität nur wenige echte Taten. Mit dem Ende der Schulzeit jedoch geben die meisten Menschen dann doch die Komfortzone des elterlichen Nestes auf und beginnen den Prozess, sich ein eigenes Leben aufzubauen. Manche gehen zum Studieren in eine andere Stadt, andere fangen eine Lehre an oder die Grundausbildung der Bundeswehr, manche bereisen erstmal für ein Jahr die Welt, arbeiten als Aupair bei einer Gastfamilie oder suchen sich direkt eine eigene Wohnung.

In dieser Zeit geht es vor allem darum, sich eine unabhängige Basis und einen neuen Lebensstil aufzubauen, während sie ihre Ansichten von denen ihrer Eltern abgrenzen und neue Dinge ausprobieren wollen. Natürlich führt diese Experimentierfreude zu vielen neuen Lernerfahrungen, Bekanntschaften und Erlebnissen. Und diese stehen oftmals sehr im Gegensatz zu den Vorlieben oder Erwartungen der Eltern. Fast alle haben jedoch zeitweise auch eine tiefsitzende Angst davor, dass sie es als ehemalige Kinder nicht schaffen werden, sich in der Erwachsenenwelt schlussendlich einen Platz zu erarbeiten, da all die neuen Freiheiten auch mit neuen Verpflichtungen und einem nie gekannten Ausmaß an Verantwortung einher gehen. Diese versteckten Sorgen können sich dann in Prüfungsangst äußern, Selbstzweifel wecken oder in extremen Liebeskummer umschlagen. Oftmals werden sie aber auch mit gespielter Coolness, riskanten Mutproben oder provokantem Verhalten versucht zu kaschieren.

Junge Erwachsene suchen zudem nach neuen Freunden und einem starken sozialen Netzwerk, das quasi als Ersatzfamilie dienen kann, um die Umorientierung auszugleichen. Es entstehen in dieser Zeit oftmals die tiefsten Freundschaften und Gruppenbindungen. Man verbingt viel Zeit zusammen und geht oft feiern, falls es nicht zu hitzigen Streits und Drama in der Clique kommt, was in dieser Zeit auch typische für die heranreifende Persönlichkeit ist.

Alles in allem ist dies eine Testphase, die einen jungen Menschen auf seine unmittelbar bevorstehende Unabhängigkeit vorbereitet. Die Bindung zu den Eltern kappen die wenigsten komplett, auch wenn der alltägliche Kontakt stark abnimmt und sich sowohl Eltern als auch Kinder (wieder) mehr auf ihre eigenen Vorlieben konzentrieren. Wer es jedoch in dieser wichtigen Zeit nicht schafft, endlich auf eigenen Beinen zu stehen und sich stattdessen weiter von den Eltern abhängig macht, hat es später umso schwerer, von seinen Mitmenschen als ebenbürtig respektiert zu werden.

3.3.2 Die Zwanziger - Ein Traum nimmt Gestalt an

Zwischen 20 und 30 verlegen die meisten Menschen ihren Fokus weg von der innerlichen Zerissenheit der Teenagerjahre und beginnen stattdessen damit, ganz konkrete Ziele und individuelle Ambitionen zu verfolgen. Es ist oftmals die aufregendste Zeit im Leben eines Menschen, voller neuer Ideen, unerschöpflicher Energie und harter Arbeit auf persönliche Ziele hin.

In diesem Abschnitt versucht man herauszufinden, was für einen im Leben wirklich zählt und wie man diesen Traum von der Zukunft Weise am besten realisiert. Manche gehen auf eine spirituelle Reise, stellen ihre bisherigen Werte infrage oder bitten erfahrenere Vorbilder im Freundeskreis oder Mentoren im Berufsumfeld um Rat. Liebesbeziehungen werden zunehmend ernster und auch der gesellschaftliche Druck vonseiten der Eltern, Freunde und Arbeitskollegen wächst dahingehend, was „man“ denn tun solle. Das kann eine Heirat oder Verlobung bedeuten, aber auch die ausdrückliche Vereinbarung, keinerlei Verpflichtungen eingehen zu wollen, damit man weiterhin seine eigenen Freiheiten ausleben kann.

Einer der größten Angstfaktoren bei Mittendzwanzigern ist die innere Überzeugung, dass man die in dieser Zeit getroffenen Entscheidungen nie mehr zurücknehmen kann und diese unveränderlich den Rest unseres Lebens bestimmen werden. Verlobung oder Singledasein? Masterstudium oder Kind? Weltreise oder Karrieresprung? Sie sind sich oftmals nicht bewusst, dass man auch in späterem Alter noch eine gewisse Entscheidungsfreiheit besitzt und auch verpasste Gelegenheiten noch nachholen kann.

Viele wissen zwar, dass man nicht alles gleichzeitig haben kann, aber die Angst, etwas Wichtiges zu verpassen oder im Leben die falsche Abzwigung zu nehmen und dann irgendwo auf der Strecke zu bleiben, bleibt ein bestimmendes Thema.

Das liegt vor allem daran, dass sich man in seinen Zwanzigern ganz unterschiedliche Wege aussuchen kann und man seine ehemaligen Schulfreunde plötzlich in viele verschiedene Richtungen rennen sieht. Manche beschreiten den Pfad zu einer sicheren und vorhersehbaren Zukunft hin, indem sie große persönliche, berufliche und/oder finanzielle Verpflichtungen eingehen. Andere dagegen ziehen es vor, mit ihrer Freiheit zu experimentieren und möglichst viele Facetten des Lebens zu entdecken, auf Kosten der Planbarkeit und Sicherheit ihrer Zukunft. Es gibt hier kein richtig oder falsch - es kommt einfach auf die Prioritäten einer Person an. Und jeder hat sicherlich eine gewisse individuelle Vorliebe.

Beide Entscheidungsrichtungen können im Extremfall später zu Problemen führen. Manche anfängliche Sicherheitsfanatiker fühlen sich schließlich in ihrer Lebenssituation regelrecht eingesperrt und versuchen daher ein oder zwei Jahrzehnte später, verzweifelt aus dieser auszubrechen. Das kennt man dann als die stereotypisierte Midlifecrisis, wenn der ehemals treuesorgende Familienvater plötzlich von einem Tag auf den anderen seine Frau mitsamt Kindern verlässt und fortan nur noch seine zwanzig Jahre jüngere Sekretärin im roten Sportwagen-Cabriolet durch die Gegend kutschiert. Bindungsscheue Menschen dagegen kriegen vielleicht nicht rechtzeitig die Kurve und stehen dann viele Jahre später mit einem karrieuntauglichen Lebenslauf, fehlendem Freundeskreis und ohne feste Beziehung oder eigene Familie da, sodass sie sich einsam und verloren fühlen. Natürlich ist das echte Leben nicht ganz so schwarz oder weiß, sondern dort gibt es viele geglückte Mittelwege sowie vollkommen glückliche Vertreter beider Extreme. Die Befürchtungen und damit einhergehenden Entscheidungs-schwierigkeiten sind für viele Mittzwanziger jedoch ganz real spürbar.

Andererseits geben gerade in dieser Zeit viele ambitionierte Berufsanfänger richtig Gas mit Ausbildungsabschluss, Praktika, Trainee-Programmen, und ersten Juniorpositionen. Eine wirklich interessante Stellung allerdings muss man sich in einem etablierten Wirtschaftslandschaft wie dem unsrigen geduldig erarbeiten und die weit verbreitete Bürokratie in vielen Großunternehmen tut dazu noch ihr Übriges. Eine warme Lesung für eine Person zwischen 20 und 30 könnte sich daher beispielsweise auch so anhören:

„Wenn du ehrlich bist, fühlst du dich manchmal frustriert, weil deine eigenen Ideen und Talente nicht vollständig gewürdigt werden. Es gab schon mehr als ein oder zwei Situationen, in denen du wirklich Mühe hattest, deine Lehrer, Kollegen oder Vorgesetzten davon zu überzeugen, was du tatsächlich alles leisten kannst. Obwohl du reif genug bist, um einzusehen, dass du noch viel zu lernen hast, und deshalb ohne Zögern viel Zeit und Energie in die Weiterentwicklung deiner Fähigkeiten steckst, gibt es immer noch Menschen um dich herum, die zu sehr in ihren gewohnten Bahnen feststecken, um deine derzeitgen Kompetenzen komplett anzuerkennen, und die dir daher nicht genug Gelegenheiten geben, um dein volles Potenzial wirklich effektiv unter Beweis zu stellen."

Diese Beschreibung passt nahezu auf jeden Berufsanfänger, notfalls mit etwas Phantasie und suggestiver Redekunst, aber dazu später mehr im Kapitel über das kalte Lesen.

3.3.3 Ledig Ü30

Ab 30 Jahren tickt bei vielen Frauen bereits lautstark die biologische Uhr und auch Männer haben oftmals soweit ihre Karriere gefestigt, dass sie sich eine Familiengründung schon eher vorstellen können. Wer jetzt noch Single ist, hat zumindest schon mal darüber nachgedacht, sich in näherer Zukunft einen Partner für die Ewigkeit (bzw. bis zur ersten Scheidung) zu suchen. Eine gewisse Beziehungserfahrung kann man in diesem Alter meist vorraussetzen, sodass eine warme Lesung in etwa wie auf der folgenden Seite klingen könnte.

„Du ziehst manchmal einfach den falschen Partner / die falsche Partnerin an. Deinen Seelenverwandten zu finden, ist dir wichtig, und einige ältere Männer / jüngere Frauen sind durchaus an dir interessiert, aber irgendwie scheinen sie nicht so richtig zu passen. Wenn du tatsächlich auf mehr als drei Dates mit derselben Person gehst, hat die Geschichte Potenzial für mehr. Es könnte dann durchaus eine ernsthafte Beziehung daraus werden. Du gibst aber nicht leichtfertig deine Prinzipien für jemand anderen auf, und ich sehe dich hier auch eher als eine unabhängige und freigeistige Person denn als häuslich oder spießig. Dein beruflicher Erfolg spiegelt sich nur zum Teil in deinem Privatleben wider. Dein Umfeld und deine Familie üben daher subtilen Druck auf dich aus und sind neugierig wie es wohl mit deinem Liebesleben weitergeht. Sie wissen ganz genau wie man dich mit diesem Thema aus der Reserve lockt, aber du hast kein Interesse an Speeddating oder Kontaktanzeigen. Es sollte sich schon auf natürliche Art und Weise ergeben. Außerdem würdest du keinen Partner akzeptieren, der eifersüchtig ist oder kaum Selbstbewusstsein hat, was letztendlich auf dasselbe hinaus läuft. Mein Eindruck ist, dass es da eine bestimmte Langzeitbeziehung in deiner Vergangenheit gibt, die nicht funktioniert hat. Kurz vor dem Ende waren es eigentlich nur noch freundschaftliche Gefühle statt echter Leidenschaft, die euch noch für eine Weile zusammengehalten haben. Du bist aber definitv auf der Suche nach mehr."

Eine sehr intime und detaillierte Beschreibung. Trotzdem, oder gerade deswegen, wirst du dich wundern, wie exakt sich die meisten Menschen in diesem Text wiederfinden, wenn du ihn gut und glaubwürdig (mit effektvollen Spannungspausen und intensivem Augenkontakt) vorträgst. Die Verwunderung, Gerührtheit und zwischenmenschliche Vertrautheit ist dein neu gewonnenes Kapital.

3.3.4 Verheiratet Ü30

Eheleute, gerade wenn sie Kinder haben, mussten für ihren selbstgewählten Lebensweg oftmals viele persönliche Freiheiten opfern und sind immer noch dabei, den Größteil ihrer Energie, ihrer Freizeit und ihres Budgets in den Nachwuchs zu stecken. Dementsprechend sind sie auch mächtig stolz auf ihre Kleinen oder legen zumindest großen Wert auf das Funktionieren ihrer Beziehung, ihrer gegenseiten Rücksichtnahme und der zwischenmenschlichen Unterstützung im Alltag. Warmes Lesen könnte daher entsprechend so aussehen:

„Ich sehe, dass du ein Mensch bist, dem die Familie sehr wichtig ist und der es versteht, die Bedürfnisse von anderen Personen über seine eigenen zu stellen, wann immer es nötig ist - vor allem wenn es sich dabei um Personen handelt, die dir nahe stehen. So gesehen bist du ein sehr loyaler, zuverlässiger und ehrlicher Mensch. Manchmal magst du dich eventuell so fühlen, als wenn diese Rücksichtnahme nicht immer hunderprozentig von deinem Umfeld erwidert wird. Ich habe das Gefühl, dass dich das manchmal etwas irritiert. Du solltest dich aber nicht aus der Ruhe bringen lassen. Denn du bist den Menschen, für die du da bist, mindestens genauso wichtig wie sie dir, auch wenn diese manchmal Schwierigkeiten haben, das vernünftig zum Ausdruck zu bringen. Denn leider kann nicht jeder so gut und angemessen kommunizieren wie du. In dieser Hinsicht bist du vielen Menschen überlegen, ein natürlicher Anführer und Macher. Jemand, der clever und leistungsfähig ist, und von anderen dafür geschätzt wird. Ich spüre auch, dass dich die Menschen in deinem beruflichen und privaten Umfeld als Problemlöser wahrnehmen, also jemanden, der die richtige Balance in fast jeder Situation findet. Das bedeutet nicht, dass du leicht zu beeinflussen wärst. Ganz im Gegenteil, du suchst nach Lösungen, die beide Seiten letztendlich zufriedenstellen und wobei niemand sein Gesicht verliert. Das ist eine ganz besondere und wirklich seltene Begabung."

Wieder einmal klingt es nach einer sehr spezifischen, individuellen Beschreibung und doch könnten sich ein Großteil der Verheirateten und auch andere Beziehungsveteranen damit locker identifizieren. Diesen Trick der allgemeinen Anwendbarkeit nutzen Astrologen, Jahrmarktswahrsager und professionelle Horoskopenschreiber bereits seit Jahrtausenden. Im nächsten Kapitel zum kalten Lesen befassen wir uns noch detaillierter mit solchen generischen Beschreibungen.

4. Kaltes Lesen

Vom **kalten Lesen** (English: „cold reading“) sprechen wir, wenn wir einem anderen Menschen bedeutsame und zutreffende Informationen über seine Vergangenheit, Gegenwart und Zukunft geben können, ohne ihn überhaupt zu kennen und ohne dies von seiner äußeren Erscheinung ablesen zu können. Diese seltene Gabe (oder eher Fähigkeit, denn jeder kann sie problemlos erlernen) ist die **Königsdisziplin des Gedankenlesens**. In diesem Kapitel erfährst du daher alles darüber, wie auch du zum absoluten Experten im kalten Lesen wirst.

Im Normalfall fängst du mit dem warmen Lesen an und gehst dann fließend zum kalten Lesen über. Du beginnst also mit Annahmen über dein Gegenüber, die du von seinem/ihrem Auftreten her ableiten kannst und welche deiner Meinung nach am sichersten zutreffen. Dann wirst du immer spezifischer, während du penibel auf die **Körpersprache** sowie die **impliziten Anzeichein von Zustimmung oder Ablehnung** des Gesagten bei deinem Gesprächspartner achtest. Zutreffende Aussagen werden meist mit einem leichten Kopfnicken belohnt, bewirken entspannte Züge um die Mundwinkel bis hin zu einem eindeutigen Lächeln, oder entlocken deiner Zielperson sogar ein zustimmend gemurmeltes „Mhm“. Ein leichtes Stirnrunzeln oder skeptisches Augenzusammenkneifen dagegen kann bereits andeuten, dass du mit einem Statement weit daneben liegst und eventuell elegant umschwenken bzw. relativieren musst, bevor dein Satz komplett zu Ende gesprochen ist. Diese Technik erlernst du am allerbesten durch wiederholte Übung, also mach dich bereit, in naher Zukunft vielen Menschen in deinem Umfeld die Gedanken zu lesen.

Indem du die **verbalen und nonverbalen Reaktionen** deines Gegenübers genaustens im Auge behälst, während du über verschiedene Aspekte seines oder ihres Lebens sprichst, kannst du anschließend ausführlich auf deine Treffer eingehen und deine misslungenen Rateversuche etwas herunterspielen. Typische Themen für das kalte Lesen umfassen die Persönlichkeit, Familie, Beziehungen, Liebe, Gesundheit, Finanzen und Karriere - also in etwa so ähnlich wie die gängigen Horoskope in einschlägigen Zeitschriften oder auch im Internet. Dazu werden wir in Kürze verschiedene Beispiele zusammen anschauen. Manchmal fehlt aber selbst dem geübtesten Mentalisten mit noch so scharfer Wahrnehmung ein eindeutiges und zuverlässiges Anzeichen im Verhalten oder dem äußeren Erscheinungsbild seiner Zielperson, um einen sicheren Einstieg übers warme Lesen einleiten zu können. Dann kannst du auch mit sehr generellen Aussagen starten, die wir uns im folgenden Kapitel anschauen werden.

4.1 Allgemeingültige Beschreibungen

Wenn es nicht genug äußere Hinweise fürs warme Lesen gibt oder du dir nicht sicher bist, ob du diese eindeutig interpretieren kannst, eignen sich stattdessen auch allgemeingültige Beschreibungen hervorragend, um direkt mit dem kalten Lesen zu beginnen, ohne einen echten Fehltritt zu riskieren.

Merke dir die vorgestellten Beispiele gut, jedoch musst du sie nicht Wort für Wort auswendig lernen. Es kommt nämlich viel natürlicher rüber und setzt dich auch weniger unter Druck, wenn du deine Statements je nach Situation und Stimmung leicht anpassen kannst. Schreibe dir daher einfach die **Hauptaussagen als Stichpunkte** auf und finde dann ad hoc Formulierungen in deiner eigenen Sprache, um diese zu transportieren. Was du sagst, sollte sich für dich **normal und natürlich** anhören, dann wird es deiner Zielperson ebenso wenig aufgesetzt oder wie vom Tonband abgespult vorkommen. Um dir das kalte Lesen anhand möglichst realer Beispiele zu verdeutlichen, habe ich in diesem Buch trotzdem Volltext-Beispiele mit hautsächlich direkter Rede verwendet, an denen du dich orientieren kannst. Pick dir einfach das Beste für dich heraus und passe die restlichen Stellen entsprechend an, die für dich persönlich noch nicht ganz stimmen. Wichtig ist allein, dass du die Kernpunkte später **glaubwürdig und flüssig** vermitteln kannst.

4.1.1 Die Vergangenheit kennen

Vergangene Geschehnisse oder persönliche Erlebnisse treffsicher zu beschreiben, kann das Vertrauen deiner Zielperson in deine Fähigkeiten enorm steigern und den Grund bereiten, um allen nachfolgenden Aussagen deinerseits eine **unvergleichliche Glaubwürdigkeit** zu verleihen. Es ist nicht immer sinnvoll oder angebracht, die Kindheit deines Gesprächspartners auf den mentalen Seziertisch zu hiefen, aber wenn du solche intimen und privaten Erinnerungen zuverlässig rekapitulieren kannst, sieht dein Gegenüber später schon eher mal über kleinere Interpretationsfehler hinweg und attestiert dir trotzdem noch eine unfehlbare Gedankenlesefähigkeit.

Dabei ist es gar nicht so schwer, in der Vergangenheit deiner Zielperson einen Treffer zu landen. Das hat zwei Gründe: Zum einen gibt es eine **statistische Wahrscheinlichkeit** für bestimmte Ereignisse, die vermutlich jeder schon mal durchgemacht hat (Krankheit, Liebeskummer, Streit mit den Eltern, verpasster Zug/Bus/Flugzeug, etc.). Zum anderen kann man den genauen Zeitpunkt oder die bestimmenden Faktoren bzw. Personen in soweit offen lassen, dass der **assoziative Verstand** deiner Zielperson die Suche nach einem passenden Vorfall übernimmt und deine vielseitige Beschreibung der konkreten Erinnerung entsprechend auslegt. Wieder werden uns ein paar Beispiele zum besseren Verständnis weiterhelfen, mit denen sich der Rest dieses Kapitels befasst.

Frühe Verantwortung:

„Relativ früh in deinem Leben gab es eine Situation in deiner Familie, die dazu geführt hat, dass du als Kind mehr Verantwortung übernehmen musstest. Und zwar in dem Sinne, dass dir plötzlich bestimmte Aufgaben übertragen wurden oder ungewöhnlich hohe Erwartungen an dich gestellt wurden, die dich gezwungen haben, einen Teil deiner Kindlichkeit aufzugeben und frühzeitig eine etwas reifere Rolle zu übernehmen. Das ist aber nicht unbedingt etwas Schlechtes. Denn diese Lebenserfahrung ist eine gute Vorbereitung auf das Erwachsenenalter und hilft einem dabei, schwierige Momente und persönliche Herausforderungen in späteren Lebensabschnitten mit mehr Tatkraft und Zuversicht anzugehen."

Aufgegebenes Talent:

„Als du jünger warst, sehe ich hier ein bestimmtes Schulfach oder Hobby, in dem du wirklich gut warst und definitiv ein überdurchschnittliches Potenzial an den Tag gelegt hast. Es könnte auch eine Sprache sein, ein Musikinstrument oder sonst eine kreative Tätigkeit, in der du talentiert warst (*bei sichtbar sportlichen Menschen kannst du auch auf eine unbestimmte Sportart setzen*). Du weißt wahrscheinlich schon, wovon ich rede. Es gab auch eine bestimmte Person in deinem Umfeld, die dich dazu motivieren wollte, dir höhere Ziele zu setzen und das Ganze ernsthaft zu verfolgen, aber aus irgendeinem Grund hat es nicht sollen sein. Vielleicht hat dir die Zeit gefehlt, die Unterstützung deiner Eltern, oder du hast mit der Zeit einfach das Interesse verloren, als es plötzlich nicht mehr nur mit Spaß und spielerische Leichtigkeit verbunden war." Falls das Statement abgelehnt wird: „Mhm, vielleicht hast du dieses Talent nicht sehr ausgiebig verfolgt, aber ich sehe hier zumindest klare Anzeichen eines ausgeprägten Interesses oder einer bestimmten Veranlagung, auch wenn du sie nie voll ausgereizt hast."

Unfall oder Krankheit in der Kindheit:

„Wenn wir uns deine frühen Schuljahre anschauen, wo viele Kinder vielleicht mal von einer leichten Krankheit geplagt werden, da sehe ich bei dir etwas vergleichsweise Ernsteres. Es könnte auf eine Erkrankung hinweisen, eine Verletzung mit Behandlung im Krankenhaus oder auch auf einen Unfall, aber auf jeden Fall auf etwas, das einigen Menschen in deinem Umfeld oder deiner Familie Sorge bereitet hat. Glücklicherweise waren diese ängste unbegründet, denn schlussendlich ist alles gut ausgegangen." Falls verneint: „Mhm, die Zeitachse ist nicht ganz eindeutig. Vermutlich warst du noch sehr klein, als das passiert ist. Deshalb kannst du dich vielleicht nicht daran erinnern."

Bedeutsame Situation:

„Ich habe ein Bild vor Augen, wie du vor ungefähr drei Monaten in einem bestimmten Raum stehst, und das ist jetzt vielleicht ein etwas seltsames Detail, aber die Farbe des Bodens scheint rötlich zu sein. Es sieht nicht so aus wie dein Zuhause oder der Ort, an dem du für gewöhnlich arbeitest - es muss irgendwo anders sein. Auf jeden Fall ist da diese rote Farbe um dich herum und dieser Ort hat eine gewisse Bedeutung für dich. Ich weiß nicht, ob nur eine weitere Person involviert ist oder mehrere, aber es scheint so, als ob du dort erwartet wirst und du ebenfalls auf jemand anderen wartest." Falls deine Zielperson keine Assoziation herstellen kann: „Mhm, vielleicht ist es auch kein wirklich intensives Blutrot, sondern eher ein Rostbraun oder ein herbstlicher Farbton um dich herum. Eventuell kommt die Farbe auch nicht direkt vom Bodenbelag, sondern ist ein generelles Element in der Einrichtung oder dem Umfeld des Ortes, der in dieser Situation eine starke Bedeutung für dich hatte." Falls weiterhin jegliche Reaktion ausbleibt: „Könnte es ansonst auch die farbliche Warnung vor einer bestimmten Gefahrenzone sein, in der du dich befandest?"

Problematischer Schuh:

„Ich sehe hier eine Party oder Feier vor mir, die vor einer Weile zu einem festlichen Anlass stattgefunden hat. Es könnte zum Beispiel um Weihnachten oder Neujahr herum sein, muss aber nicht unbedingt einen besonders familiären Charakter gehabt haben, vielleicht also auch ein Geburtstag. Es geht um ein Auto oder ein anderes Transportmittel, mit dem es Probleme gibt. Außerdem hast du ein Problem mit deinem Schuh, deswegen hast du einen der beiden ausgzogen. Es könnten die Schnürsenkel sein oder ein Stein im Schuh, vielleicht sind sie dir auch zu eng oder du bist mit einem Teil des Schuhs irgendwo hängen geblieben. Auf jeden Fall bist du darüber alles andere als erfreut und du machst die Leute um dich herum darauf aufmerksam. Kommt dir eine vergleichbare Situation in den Sinn?" Falls nicht: „Mhm, vielleicht ist dieses Bild keine Momentaufnahme der Vergangenheit, sondern der Zukunft. Ich bin mir sicher, dass dir die wahre Bedeutung dieser Vision zu gegebener Zeit klar werden wird." Das ist ein subtiler und unanfechtbarer Ausweg aus einer andernfalls frustrierenden Sackgasse im Gespräch mit deiner Zielperson.

Ich bin sicher, dass du noch mehr eigene Beispiele und Situationen finden kannst, die nahezu jeder schon mal erlebt hat, und die man mit eloquenter Ausdrucksweise so unspezifisch beschreiben kann, dass es keine individuelle Erinnerungen ausschliesst.

4.1.2 Persönlichkeit & Charaktereigenschaften

Du kannst einen echt phänomenalen Eindruck auf jemanden machen, wenn du etwas Gehaltvolles über seine bzw. ihre Charaktereigenschaften zu erzählen hast. Die meisten Menschen hören unglaublich gerne Dinge über sich selbst und wie andere sie wahrnehmen. Wenn du dazu noch relativ neu in ihrem Bekanntenkreis bist, sind sie bei richtigen Vermutungen über die eigene Persönlichkeit oftmals total aus dem Häuschen. Und das hinzubekommen, ist viel einfacher als du dir vorstellen kannst!

In unserem tagtäglichen Alltag erleben wir tausende kleiner Begebenheiten, haben hunderte von Gesprächen und kurzen Interaktionen, und treffen unzählige wichtige und weniger wichtige Entscheidungen. Wenn ich dir sage, dass du faul bist, dann wird dein Gehirn automatisch nach den Beispielen suchen, die dazu passen. Vielleicht fällt dir plötzlich ein, dass du letztes Wochenende mal länger ausgeschlafen hast. Oder dass du gestern den Müll nicht runtergebracht hast, obwohl der gelbe Sack schon ziemlich voll war und stattdessen deinen Yoghurtbecher auf Teufel komm raus noch reinquetschen wolltest. Kleine Sachen eben. Wenn ich dir stattdessen sage, dass du fleißig bist, dann fallen wir dir wiederum Momente ein, in denen du deinen Elan bewiesen hast. Vielleicht hast du einem Freund beim Umzug geholfen, vor kurzem eine Überstunde gemacht oder beim letzten Workout wirklich alles gegeben. Unser Gehirn wird nunmal mit Worten gesteuert und verbale Clues lösen jenseits unserer bewussten Kontrolle automatische neurologische Assoziationen aus.

Du glaubst mir nicht? Ich beweise es dir. Sage dir einmal selbst laut: „Ich darf jetzt NICHT an einen rosa Elefanten denken." Was ist passiert? Das Bild eines rosa Elefanten ist automatisch in deinem Kopf aufgetaucht. Dies ist ein klassisches Beispiel aus der Schule des Neurolinguistischen Programmierens (NLP), das sehr viel mit verbalen Suggestionen wie dieser hier arbeitet. Die Theorien, Übungen und Vorgehensweisen der NLP-Anhänger haben großen Einfluss auf die moderne Psychologie und einige ihrer Therapieformen, aber auch auf die Methodik im Coaching, im Vertrieb und Verkauf, im Marketing, und in der Werbung. Es ist für sich streng genommen keine Wissenschaft, sondern vereint viele uralte Kommunikationsweisheiten mit konkreten Anwendungstipps und neuesten empirischen Forschungsergebnissen.

Ein NLP-Gesetz besagt, dass unser Gehirn **jeden verbalen Clue verarbeitet und repräsentiert**. Darum finden sich in so einem komplexen Universum wie unserem eigenen Leben Beweise für jedwede Charaktereigenschaft. Das liegt daran, dass unser Verhalten von noch viel mehr Faktoren bestimmt wird als nur der Persönlichkeit. Zum Beispiel mag ein vergleichsweise schüchterner Mensch mit seinen engsten Freunden und Familienmitgliedern trotzdem offen und vertrauensvoll umgehen. Oder ein normalerweise sehr geselliger Zeitgenosse ist aufgrund des starken Katers von letzter Nacht heute eben eher schmallippig drauf. Natürlich gibt es klare Verhaltenstendenzen in eine bestimmte Richtung für jedermann. Aber es gibt eben auch immer Gegenbeispiele, die wir mental triggern können. Wir liefern also nur ein paar ansprechend präsentierte Behauptungen und das Gehirn unseres Gesprächspartners übernimmt im Normalfall die Suche nach den passenden Beweisen.

Weitere NLP-Gesetzmäßigkeiten besagen, dass **unser Gehirn keine Negation versteht** (wie schon beim Beispiel des rosa Elefanten) und wir daher alles explizit aussprechen müssen, um den Verstand unseres Gegenübers nicht mit zu viel Interpretationsarbeit zu verwirren. Statt „Du lässt deine Freunde nie im Stich." sagen wir besser: „Du bist immer für deine Freunde da." Dieses Statement wirkt auf einer viel tieferen und direkteren Ebene, denn es erreicht die **implizite Assoziationskraft** ohne Umwege. Außerdem werden positive Beschreibungen des Charakters viel eher angenommen, da sie zu dem **positiven Selbstbild**, das die meisten Menschen von sich haben, besser passen und so schneller die zutreffenden Beweise gefunden werden. Ein paar negative Bermerkungen sollten aber trotzdem enthalten sein, weil eine reine Lobeshymne nun auch nicht sehr glaubwürdig erscheint.

Folgende Charakterbeschreibung verwende ich sehr gerne, weil sie bisher von allen meinen Zielpersonen ausnahmslos und meist mit großem Staunen angenommen wurde:

„In manchen Momenten verhälst du dich recht umgänglich und gesellig, während du in anderen Situationen eher behutsam und vorsichtig bist. Es ist manchmal einfach klüger, dein Umfeld erstmal etwas besser kennen zu lernen, bevor du ganz aus dir heraus gehst. Du bist stolz darauf, ein unabhängiger und freier Geist zu sein, der die Meinung anderer Leute nicht einfach übernimmt, sondern sich lieber seine eigenen Gedanken macht. Du brauchst regelmäßig mentale Abwechslung und frische Ideen, denn wenn du dich zu eingeschränkt und limitiert fühlst, geht dir das auf die Nerven. Manche deiner Träume und Wünsche sind vielleicht etwas zu hoch gesteckt, aber sie geben dir trotzdem Kraft und Motivation. In manchen dunklen Stunden fragst du dich zwar auch, ob du in der Vergangheit wohl stets die richtigen Entscheidungen getroffen hast, aber bisher hat es immer eine neue und vielverprechende Perspektive für die Zukunft gegeben.

Normalerweise erscheinst du nach außen hin recht diszipliniert und kontrolliert, auch wenn du innerlich manchmal etwas unsicher bist oder dir Sorgen machst. Natürlich ist dir bewusst, dass auch du deine Schwächen hast, aber im Allgemeinen kompensierst du sie recht gut. Abgesehen davon verspürst den Drang nach Anerkennung und willst du von anderen gemocht werden, denn Gemeinschaft ist dir sehr wichtig. Und da ist noch mehr: Es schlummert eine große Menge an ungenutztem Potenzial tief in dir, was du bisher noch nicht an die Oberfläche gebracht hast. Denn manchmal bist du einfach zu kritisch mit dir selbst und stehst dir damit selbst im Weg, was dir ebenfalls durchaus bewusst ist."

So ein bisschen Charakterbuffet von allem, da ist für jeden was dabei. Außerdem helfen offene Formulierungen und Wischiwaschi-Wörter wie „manchmal", „in manchen Momenten", „es gibt Situationen", „ziemlich", „relativ", „recht", „etwas" der Erinnerung deines Gesprächspartners, passende Assoziationen zu finden. Vermeide dagegen zeitlich konkrete („Letzten Sonntag", „gestern") oder eigenschaftlich totalitäre („immer", „nie", „komplett") Angaben falls möglich. Weitere Beispiele:

<u>Geheime Träume:</u>

„Du bist im Allgemeinen sehr zufrieden damit, wie alles in deinem Leben bisher funktioniert hat. Aber manchmal fragst du dich, ob du nicht dein Glück versuchen und mal etwas komplett anderes machen solltest - etwas, das sogar die Leute, die dich schon lange kennen, überraschen würde."

Versteckte Ambitionen:

„Du hast eventuell das Gefühl, noch eine Menge ungenutztes Potenzial in dir zu tragen. Du wärst eigentlich in der Lage, unter den richtigen Umständen noch viel mehr zu erreichen. Aber es gibt Menschen, die es nicht schaffen, deine Fähigkeiten komplett anzuerkennen. Du hingegen akzeptierst nicht einfach alles, was andere dir sagen, sondern machst dir lieber ein eigenes Bild der Situation, bevor du eine Entscheidung triffst. In dieser Hinsicht bist du recht frei und unabhängig."

Vertrauenswürdigkeit:

„Was ich hier sehe, ist, dass du eine Person bist, der man generell vertrauen kann. Ich würde behaupten, dass du etwas ehrlicher und zuverlässiger bist als die meisten Menschen. Kein Heiliger, nicht perfekt, aber wenn es darauf ankommt, dann kann man sich wirklich auf dich verlassen. Ich fühle, dass du sehr klare und eindeutige Wertvorstellungen hast, denen du versuchst gerecht zu werden, auch wenn es natürlich nicht immer zu 100 Prozent klappt."

Weisheit:

„Du bist auf vielfältige Weise etwas klüger oder scharfsinniger als viele ahnen können. Ich sehe dich als eine recht clevere Person, nicht zwingend im Sinne von theoretischem Wissen aus Büchern und Studien, sondern eher eine Art praktische Intelligenz in der Interaktion mit deiner Umwelt, über die nicht jeder verfügt. Ich könnte mich irren, aber manchmal musstest du auch einfach aus früheren Fehlern lernen, um dieses Level an Erfahrenheit zu erlangen. Du bist aber schlau genug, um zu wissen, dass Weisheit viele Formen hat."

Freundschaften:

„Du scheinst ein echt guter Freund zu sein. Klar hast du auch Freunde in deinem Bekanntenkreis, die dir weniger nahe stehen, aber die Leute, die dir wirklich wichtig sind und zum engsten Kreis deiner Vertrauten zählen, können immer auf dich zählen. Es gibt dir einfach ein gutes Gefühl, für deine Freunde da zu sein - und sei es auch nur als guter Zuhörer, wenn jemand mal etwas auf der Seele hat und jemanden zum Reden braucht. Meine Intuition sagt mir, dass du dich extrem gut in die Menschen, die dir nahe stehen, hineinversetzen und ihre Gefühle nachempfinden kannst. Deshalb kannst du deine eigenen Bedürfnisse auch problemlos vor denen deiner Freunde zurückstellen wenn nötig. Denn im Gegensatz zu vielen anderen Menschen siehst du Freundschaften nicht nur als Tauschbeziehungen des Gebens und Nehmens an. Das gefällt mir!"

Redegewandheit:

„Leider kann nicht jeder so gut und angemessen kommunizieren wie du. In dieser Hinsicht bist du vielen anderen Menschen überlegen. Und das macht dich zum geborenen Anführer und impliziten Tonangeber in deinem Freundeskreis. In deiner Gesellschaft fühlen sich die Leute einfach wohl und in der richtigen Umgebung kannst du andere blendend unterhalten."

Einfühlsamkeit:

„Du hast das Herz wirklich am rechten Fleck! Mit deinen Mitmenschen gehst du meistens liebevoll und einfühlsam um, und auch das Handlesen ist etwas, das bei dir besser funktioniert, weil es sich mehr an die Gefühle und die Intuition wendet als an kalte Fakten. Deine Handlinien sind darum auch eindeutiger lesbar als das bei den meisten Menschen der Fall ist. Darüber hinaus hast du generell einen guten Zugang zu deinen Emotionen und vertraust in manchen Situtionen lieber deinem Bauchgefühl, weil es dir schon oft geholfen hat, die richtigen Entscheidungen zu treffen."

Bei diesem letzten Beispiel merkt man schon, dass es vermutlich besser auf eine weibliche Kandidatin passt. Intuition und Gefühle sind unserer gesellschaftlichen Prägung nach eher im Herrschaftsbereich der Frau angesiedelt und werden daher von Frauen auch eher angenommen. Die meisten Aussagen über Charaktereigenschaften sind zwar universell einsetzbar, jedoch gibt es auch Statements, die tendenziell besser bei einem bestimmten Geschlecht funktionieren. Mit diesen Spezifikationen befasst sich das folgende Kapitel.

4.1.3 Statements für Männer und für Frauen

Wie gesagt gibt es in unserem Kulturkreis für Frauen und Männer unterschiedliche Tendenzen dahingehend, welche Eigenschaften eher mit einer weiblichen oder männlichen Persönlichkeit verknüpft sind. Diese funktionieren dann eben beim kalten Lesen dem identifizierten Geschlecht entsprechend auch besser oder schlechter. Um dir deine Arbeit zu erleichtern und deine Trefferquote signifikant zu erhöhen, findest du dazu hier eine Übersicht.

Mit Weiblichkeit assoziierte Eigenschaften:

- empfindsam für anderer Leute Gefühle
- stellen ihre eigenen Bedürfnisse aus Rücksicht auf andere zurück (besonders für die Familie und enge Freunde)
- ziehen persönliche Zufriedenheit und Bestätigung daraus, anderen helfen zu können
- übernehmen manchmal zu viel Verantwortung
- bekommen oftmals nicht genug Anerkennung
- können sich besser in andere hinenversetzen und zeigen Empathie
- verlassen sich mehr auf ihre Intuition und ihr Bauchgefühl

Mit Männlichkeit assoziierte Eigenschaften:

- selbstbewusst
- gehen rational an Aufgabenstellungen heran und entscheiden objektiv
- können nahezu alles erreichen, was sie sich vornehmen
- sind zielstrebig und ambitioniert
- werden dafür respektiert, dass sie ihren Worten Taten folgen lassen
- sind in der Lage, das große Ganze zu sehen und strategisch vorzugehen
- tolerieren es schlecht, wenn andere inkompetent oder ineffizient sind
- können gut organisieren und andere Menschen motivieren
- schauen voraus und planen für die Zukunft

Geschlechterübergreifende begehrenswerte Eigenschaften:

- freundlich, höflich und zuvorkommend
- haben beste Absichten für ihre Mitmenschen
- kooperieren gerne
- loyal und ehrlich
- beliebt in ihrem Umfeld
- natürliche Anführer mit großer Redegewandheit
- arbeiten hart und sind zuverlässig

- Problemlöser
- erledigen erfolgreiche alle ihre Aufgaben
- sind flexibel und passen sich leicht an neue Herausforderungen an
- intelligent und leistungsstark
- unabhängig und erfinderisch

Was Menschen nur sehr ungern über sich selbst hören, fällt beim kalten Lesen im Regelfall auf unfruchtbaren Boden. Dazu zählen die direkten Gegenteile von den oben genannten positiven Eigenschaften. Wenn du den Fokus zum Beispiel auf das Gegenteil von „unabhängig" legst und jemandem bescheinigst, dass er sich leicht von anderen beeinflussen lässt und häufig den Manipulationen von anderen zum Opfer fällt, wirst du sehr viel **Ablehung** in deinem Gesprächspartner provozieren und die Lesung wird vermutlich misslingen. Sei daher vorsichtig mit den **negativen Aussagen**, die du aus Gründen der Glaubwürdigkeit von Zeit zu Zeit einstreust. Allenfalls kannst du diese Kommentare auch stark abschwächen oder etwas undeutlicher formulieren, z.B. so: „In vielerlei Hinsicht gehst du komplett deinen eigenen Weg und bist auch sehr stolz auf deine Unabhängigkeit. Aber es gibt einige wenige Personen in deinem Umfeld, die es von Zeit zu Zeit doch schaffen, deine Gedanken oder Gewohnheiten etwas durcheinander zu bringen."

4.2 Flexible Gesprächsführung

Die Stärke des kalten Lesens liegt nicht darin, jedem Gesprächspartner einen Allerweltskommentar um die Ohren zu hauen. Als Einstieg ist das sicherlich eine gute Option, aber die eigentliche Kunst besteht darin, der subjektiven Wahrheit unserer Zielperson in einem iterativen Gesprächsprozess immer näher zu kommen, ohne dass der oder die Befragte den Braten riecht. Dazu schauen wir uns in diesem Kapitel ein paar bewährte Kommunikationstaktiken genauer an.

4.2.1 Kipp-Statements

Die sogenannten Kipp-Statements ermöglichen es dir, abhängig von der Reaktion deines Gesprächspartners auf eine mehrdeutige Aussage ohne Gesprächsufnterbrechung fortzufahren oder elegant in die Richtung „umzukippen", auf die du mehr positive Signale verbaler oder nonverbaler Art bekommst. Das kann ein stumm zustimmendes Nicken sein, ein anerkennendes „Hm!"-Murmeln beim Zuhören oder auch ein klar geäußertes „Ja, das stimmt." Sogar bei einer eindeutig ablehnenden Reaktion hast du mit den **ambivalenten Kipp-Statements** immer die Möglichkeit, deinen Kommentar schnell und elegant in die Gegenrichtung abzufälschen. Angewandt auf die soeben besprochenen Persönlichkeitseigenschaften können wir **als Beispiel die Extrovertiertheit im Gegensatz zur Introvertiertheit** nehmen. Beide schließen sich gegenseitig aus, aber haben großen Einfluss auf die Wahrnehmung und das Verhalten eines Menschen. Wenn du hier mit deiner Persönlichkeitsanalyse daneben liegst, fällt das sofort unangenehm auf. Das kannst du leicht mit Kipp-Statements vermeiden, indem du rechtzeitig und unbemerkt abbiegst. Zuerst schauen wir uns diese wichtigen Charaktereingenschaften aber genauer an, die auch Bestandteil der allermeisten wissenschaftlichen Persönlichkeitstests sind.

Von Introversion zu Extraversion

Niemand ist zu 100% das eine oder das andere. Man kann sich eher eine Skala vorstellen, auf der die meisten Menschen recht mittig platziert sind und eine gewisse Tendenz zu einer der beiden Seiten haben. Darüber hinaus wird unser Verhalten auch noch von vielen weiteren Faktoren beeinflusst, z.B. ob wir uns in Gesellschaft unserer besten Freunde oder in einer Gruppe von Unbekannten befinden, ob wir uns an einem Ort aufhalten, den wir gut kennen oder ganz neu sind, und auch ob wir ausgeschlafen sind und uns energiegeladen fühlen oder gerade mit Müdigkeit und Kopfschmerzen zu kämpfen haben. Trotzdem kannst du gewisse Rückschlüsse auch aus der Körpersprache, der Gesprächigkeit und der allgemeinen Offenheit deiner Zielperson ziehen.

Der/Die Introvertierte

Ein introvertierter Mensch ist typischerweise mehr mit seinen Emotionen und seiner Gedankenwelt beschäftigt als mit der externen Welt um ihn oder sie herum. Obwohl der Austausch mit anderen problemlos möglich ist, kostet es sie deutlich mehr Energie und soziale Interaktionen über den eigenen Freundeskreis oder die Familie hinaus können sie auf Dauer regelrecht auslaugen. Zeit mit sich selbst zu verbringen, ist dann ein probates Mittel, um die Batterien wieder aufzuladen und die Anstrengungen zu kompensieren. Im Internet oder Chat kommunizieren sie eventuell viel selbstsicherer und offener als in der realen Welt, was andere Menschen manchmal stark überraschen kann.

Weitere Merkmale für Introversion:

- neigen zu kunstvoller Ausdrucksweise in Wort und Schrift
- sind lieber in kleineren Gruppen unterwegs oder mit einigen wenigen Freunden zusammen
- treffen sich lieber mit engen Freunden oder Familienmitgliedern als mit neuen Bekanntschaften
- stehen nicht gerne im Mittelpunkt der Aufmerksamkeit
- machen sich ständig bewusst wie sie wohl aussehen und auf andere wirken könnten
- sehr selbstkritisch, finden sich in Gesprächen mit anderen oft nicht eloquent oder interessant genug
- fühlen sich wohler, wenn sie alleine sind
- verfügen über große Fantasie, Kreativität und Vorstellungskraft
- ziehen Kraft aus Einzelaktivitäten wie Lesen, Musikhören, PC
- haben wenige, dafür ausgewählte, Langzeitfreundschaften

Nun zu unserem **Kipp-Statement hinsichtlich Introversion**. Solltest du eine Person als eher introvertiert wahrnehmen, kannst du zum Beispiel sagen: **„Du neigst dazu, dich in Gedanken manchmal selber zu kritisieren.“** Jetzt musst du ganz stark darauf achten wie deine Zielperson auf diese Aussage reagiert. Deine Auffassungsgabe auch für kleinste Details im Gesichtsausdruck und der Körpersprache deines Gesprächspartners ist von äußerster Wichtigkeit für das reibungslose Funktionieren dieser Gesprächstechnik.

Bei Zustimmung: Falls dein Gesprächspartner den Köder schluckt und dir (non-)verbal zu verstehen gibt, dass er/sie sich mit diesem Statement identifizieren kann, dann legst du nach: „Selbst kleine Fehler oder Unzulänglichkeiten deinerseits nimmst du dir viel stärker zu Herzen als die meisten Menschen. So gesehen bist du selbst manchmal dein allergrößter Gegner, weil sich dir diese selbstkritische Ader schon mehrmals in den Weg gestellt hat. Du weißt, dass du dir deswegen zu viele Sorgen machst, und vielleicht haben es dir andere sogar schon mal gesagt, aber dieser Perfektionismus ist einfach nicht klein zu kriegen. Andererseits ist diese mentale Kritikfähigkeit auch Ausdruck deines persönlichen Ehrgeizes und deines Drangs nach Verbesserung des Status Quo, was deine Freunde sehr an dir schätzen." Treffer, versenkt!

Bei Ablehnung: Falls du jedoch ein eher ablehnendes (non-)verbales Feedback zu deinem Einstiegssatz wahrnimmst, dann sattelst du lieber schnell um und schiebst überzeugt hinterher: „Du hast diese Tendenz jedoch zu überwinden gelernt und dieser Tage kommt sie nur noch sehr selten an die Oberfläche. Du verstehst es, dich selbst so zu lieben und zu akzeptieren wie du bist. Deine speziellen Talente und dein ganz persönlicher Mix an Stärken als auch Schwächen funktionieren am besten, wenn du sie urteilsfrei walten lässt. Denn du weißt aus eigener Erfahrung, dass dich ewiges Grübeln und Zaudern mit eventuellen Fehlern nicht weiterbringt. Die Überzeugung von dir selbst und deinen Qualitäten hilft dir dagegen sehr im Alltag und die Menschen in deinem Umfeld schätzen dein hohes Selbstbewusstsein." Kompetent abgefälscht!

Der/Die Extrovertierte

Ein extrovertierter Mensch verbringt seine Zeit am liebsten mit anderen. Der Fokus liegt mehr auf der Gruppe und der Außenwelt, die es in Gemeinschaft zu erleben und zu kommentieren gilt. Gedanken stundenlang mit sich selbst herumzutragen, erscheint ihnen widersinnig. Sie teilen ihre Ideen und spontanen Einfälle lieber ihrem Umfeld mit und entwickeln diese gerne auch in einer lebhaften Diskussion weiter. Sich mit interessanten Personen auszutauschen und neue Menschen kennenzulernen, gibt ihnen viel Energie und persönliche Inspiration. Die Meinung von anderen ist ihnen dementsprechend wichtig, aber sie sind im Allgemeinen optimistischer und versuchen, die gemeinschaftliche Stimmung immer positiv zu gestalten und den Spaß in der Gruppe am Leben zu erhalten.

Weitere Merkmale für Extraversion:

- mögen direkte und offene Interaktion mit anderen Menschen
- denkt und spricht weniger kunstvoll, aber dafür pragmatischer
- zieht einen unkoventionellen Plausch oder Witz einer formalen Konversation vor
- sieht Gespräche mit anderen als hilfreiche Erweiterung der eigenen Denkprozesse an
- kann ganzen Gruppen unterhalten und fühlt sich in Gemeinschaft wohler
- genießen es, im Mittelpunkt der Aufmerksamkeit zu stehen
- lernen gerne neue Menschen kennen
- sehen sich selbst gerne als Anführer oder Zugpferde der Gruppe
- haben eine große Anzahl von Freunden und Bekannten

- gehen auf andere zu und können problemlos ein Gespräch mit Fremden anfangen

- brauchen Kontakt mit anderen Menschen, um sich lebendig und gut zu fühlen

- Alleine zu sein, kostet sie Energie, und führt zu Gefühlen der Einsamkeit

Nun zu unserem **Kipp-Statement hinsichtlich Extraversion**. Solltest du eine Person als eher extrovertiert wahrnehmen, kannst du beispielsweise sagen: **„Ich habe das Gefühl, dass du eine eher offene und kontaktfreudige Person bist, und gerne von Menschen umgeben bist.“** Jetzt musst du wiederum ganz stark darauf achten wie deine Zielperson auf diese Aussage reagiert.

Bei Zustimmung: Falls dein Gesprächspartner das Statement annimmt und dir (non-)verbal zu verstehen gibt, dass das Gesagte auf ihn/sie passt, dann fährst du fort: „Ich sehe, dass du dich auf Anhieb super mit Menschen verstehst, die selber sehr offen und gut drauf sind, auch wenn ihr euch gerade erst kennen lernt. Du hast auch selten Angst davor, auf eine dir unbekannte Person zuzugehen und dich vorzustellen, wenn sie dir wie nett und zugänglich vorkommen. Tatsächlich ist der Austausch mit anderen für dich ein perfekter Weg, um manchmal einfach deine Gedanken zu sortieren und wetvolles Feedback zu deinen Ideen zu erhalten. Du sitzt nicht gerne alleine Zuhause rum und grübelst über die Probleme der Welt nach. Du bist lieber selber da draußen, zusammen mit anderen, und erlebst etwas Aufregendes mit deinen Freunden. Das gibt dir Kraft und inspiriert dich.“

Bei Ablehnung: Falls du dagegen einen eher überraschten oder skeptischen Vibe bei deinem Gegenüber feststellst, dann kannst du dich auf folgende Art und Weise vor einem Fettnäppchen bewahren: „Wenn du es dir aussuchen kannst, bist du aber lieber in Gesellschaft deiner engsten Freunde oder der eigenen Familie. Große Menschenansammlungen und Gruppenevents findest weniger interessant als kleinere Treffen in trauter Runde, weil man da mehr Gelegenheit hat, tiefergehende Gespräche zu führen und sich wirklich kennenzulernen anstatt nur belanglosen Smalltalk auszutauschen. Selbst längere Zeit alleine zu verbringen, macht dir kaum etwas aus. Deinen eigenen Gedanken freien Lauf zu lassen und die Einsamkeit zu genießen, macht dir manchmal einfach den Kopf frei und du fühlst dich danach erholt und gleichzeitig fokussiert."

Wie gesagt tragen wir alle (auch du und ich) Anteile von beiden Persönlichkeitsströmungen in uns. Deshalb kann es witzigerweise sogar vorkommen, dass sich eine Zielperson sowohl mit dem einen als auch mit dem anderen Text identifiziert, wenn du sie zeitlich etwas voneinander trennst und den Widerspruch dadurch etwas weniger offensichtlich machst. Generell ist es jedoch zu empfehlen, eine bestimmte Richtung einzuschlagen, die deinem ersten Eindruck eher zusagt, und dann fortan sehr wachsam zu sein, was die Reaktion deines Gesprächspartners betrifft. Ein schneller Wechsel, der trotzdem in sich Sinn ergeben muss, kann jederzeit notwendig werden. Trainiere diese Fertigkeit daher auch mal für dich alleine vorm Spiegel und steigere so deine **flexible Redegewandheit**.

Es gibt natürlich noch viele weitere Beispiele und Anwendungsgebiete für die Kipp-Methode. Prinzipiell kannst du sie mit jeder der **allgemeingültigen Beschreibungen**, die wir im Kapitel 4.1 besprochen haben, kombinieren. Je nach (non-)verbaler Indizienlage deiner Zielperson gehst du dann tiefer auf einen bestimmten Aspekt deiner Analyse ein, relativierst oder schwenkst elegant in die Gegenrichtung. Hinsichtlich dieser Flexibilität findest du gleich hier ein weiteres Beispiel: **„Es ist dir wichtig, von anderen gemocht und wertgeschätzt zu werden."**

Bei Zustimmung: „Manchmal ist das Bedürfnis nach Anerkennung sogar größer als dir lieb ist. Wenn du ehrlich bist, weißt du bereits, dass du in manchen Situationen zu sehr zurücksteckst, um anderen zu gefallen, sie nicht vor den Kopf zu stoßen, oder ihre Ansichten kritisch zu hinterfragen. Ich habe das Gefühl, dass du in diesem Bereich Potenzial für persönliches Wachstum hast. Und da dir diese Tendenz mehr und mehr bewusst wird, löst du dich bereits jetzt Schritt für Schritt von dem, was andere über dich denken. Du bist daher auf einem guten Weg zur mentalen Unabhängigkeit."

Bei Ablehnung: „Jedoch hast du diese Tendenz, nach der Anerkennung von anderen zu streben, nahezu vollständig zu beherrschen gelernt. Inzwischen machst du keine große Szene mehr daraus, wenn jemand anderes vergisst, dich für eine Leistung ausreichend zu loben, denn du weißt selber am besten, was du dir wert bist. Auch deine Freunde kennen dich als eine Person, die lieber Fünfe gerade sein lässt und das Leben genießt als sich in sinnlose Diskussionen darüber zu verstricken, wer gestern die beste Präsentation gehalten hat oder das tollste Auto fährt."

4.2.2 Regenbogen-Statements

Die sogenannten **Regenbogen-Statements** ermöglichen es dir, eine Charaktereigenschaft sehr breit zu beschreiben und das gesamte Spektrum an möglichen Ausprägungen auf deine Zielperson zu projezieren. Dadurch musst du dich (im Gegensatz zum Kipp-Statement) vorab nicht für eine bestimmte Tendenz entscheiden, sondern kannst zuerst einmal in Ruhe die Reaktionen deines Gegenübers abchecken, während du die gesamte Palette an unterschiedlichen Ausrichtungen derselben Persönlichkeitseigenschaft beschreibst.

Das folgende **Beispiel zum individuellen Materialismus** wird dir helfen, diese Definition des Regenbogen-Statements besser zu verstehen: „Schauen wir uns deine Persönlichkeit etwas genauer an. Wir haben hier eine interessante Konstellation deiner Handlinien. Die Lebenslinie und die Kopflinie sind exakt aufeinander abgestimmt, was mit deinem Besitz zu tun hat und den Dingen, die dir gehören. Du hast eine gewisse materialistische Seite an dir, auch wenn sie nicht die ausschlagenbeste Komponente in deinem Charakter ist. Bei Bedarf kannst du eine sehr spendable Person sein, die auch finanziell gerne für andere sorgt und Freunden ohne zu zögern unter die Arme greift, aber du kannst auch einen leicht egoistischen Zug an dir festellen, wenn du ganz ehrlich bist. Ich meine, wir alle kennen auch komplett selbstlose Menschen, die sich überhaupt nicht für Besitz interessieren und selbst in den bescheidensten Verhältnissen glücklich und zufrieden sind. Das erscheint dir schon irgendwie bewundernswert, aber es entspricht nicht wirklich deiner Natur.“

Fazit: Von der materialistischen Persönlichkeit zum barmherzigen Samariter und noblen Spender für seine Freunde zurück zum Egoisten von Natur aus. In diesem sprachlichen Wechselbad der Gefühle klopfst du diametral entgegengesetzte Positionen der gleichen Charaktereigenschaft ab, ohne dabei auch nur einmal den Faden zu verlieren. Behalte die (non-)verbalen Clues deines Gegenübers genau im Auge und du wirst wissen, in welche Richtung du anschließend gehen musst, um als wundersamer Gedankenleser und übernatürlicher Menschenkenner in die Geschichte einzugehen. Glück auf!

4.2.3 Weitere Gesprächstechniken

Neben den bereits besprochenen Gesprächstechniken, die großen Anteil an deinem Erfolg als Gedankenleser haben werden, gibt es eine Reihe weiterer Kommunikationsstrategien, die für sich alleine genommen oder auch **in Kombination mit den Kipp- und Regenbogen-Statements** eine starke Wirkung entfalten können. In diesem Kapitel schauen wir uns beispielhaft verschiedene Vorgehensweisen an, mit denen du dein Kommunikationsrepertoire nachhaltig aufwerten kannst.

Zum Beispiel kann es eine weitere Spielart sein, mit **direkten Fragen** zu arbeiten. Aber darf man als Gedankenleser überhaupt Fragen stellen oder muss man nicht alles schon vorher wissen? Nun, das kommt ganz auf dein Follow-up an. Nehmen wir einmal an, du fragst: „Macht es dich nervös, wenn andere Menschen dich im Alltag oder auf der Straße anschauen, fühlst du dich dann beurteilt?" Wenn die Fragemit einem „Ja" beantwortet wird,sagst du einfach: „Ja, das dachte ich mir. Du scheinst dich oft zu fragen, was andere wohl über dich denken und welchen Eindruck sie von dir haben." Wird die Frage verneint, gibst du mit der gleichen Natürlichkeit zurück: „Das hätte mich auch überrascht. Du scheinst dich von ein paar neugierigen Blicken nicht aus der Reserve locken zu lassen, auch wenn du dich manchmal interessehalber fragst, wie du wohl auf andere wirkst." Eine typische Win-Win-Vorlage, vollkommen unabhängig von der Antwort deiner Zielperson!

Wenn du noch etwas geschickter vorgehen willst, kannst du auch **indirekte Fragen** verwenden. Das sind einfach sehr offen gehaltene Aussagen, die in Verbindung mit einer **nachfolgenden Spannungspause** eine Antwort oder zumindest eine eindeutige nonverbale Reaktion von deinem Gegenüber provozieren sollen.

Anbei findest du drei Beispiele:

- „Ich werde das Gefühl nicht los, dass du in letzter Zeit mehr als sonst über eine bestimmte Sache in deiner Vergangenheit nachgedacht hast."

- „Es gibt da eine unerledigte Angelegenheit in deiner Vergangenheit, die darauf wartet, dass du dich ihrer annimmst."

- „Ich habe den Eindruck, dass es ein bestimmtes Thema gibt, das vor allem in letzter Zeit deine Gedanken maßgeblich bestimmt hat."

Nach deiner Aussage schweigst du einfach und schaust deinem Gegenüber in die Augen. Im Normalfall wird deine Zielperson die **implizite Aufforderung** verstehen und deinen letzten Satz kommentieren. Es fühlt sich einfach unangenehm an, die mit Spannung aufgeladene Stille einfach so im Raum stehen zu lassen, sodass nach einer Weile jeder noch so hart gesottene Gesprächspartner auftaut und dir vermutlich einen Hinweis geben wird, womit er oder sie sich derzeit gedanklich beschäftigt. Diesen Kommentar nimmst du dann inhaltlich als Ausgangspunkt für weitere Statements, was im Endeffekt als eine Bestätigung deiner ersten offenen Aussage gesehen werden kann.

Du kannst dir auch noch auf andere Weise versteckte Hilfe von deiner Zielperson besorgen, ohne als komplett ahnungslos zu gelten. Diesmal tarnst du sie in Form von **offenen Interpretationsvorlagen**, die ebenfalls eine stichhaltige Antwort deiner Zielperson hervorrufen sollen. Wie schon bei der indirekten Frage formulierst du einen Satz, der diesmal recht schwammig gehalten ist, und wendest danach wieder den Trick der unangenehmen Stille in Kombination mit direktem Augenkontakt an. So bekommst du jeden zum Reden. Und auch hier wieder zwei Beispiele zur Verdeutlichung:

- „Ich habe eine Eingebung: Ich sehe eine Frau vor mir - eine Frau, mit der du dich nicht immer 100%ig verstehst. Lass mich versuchen, sie dir zu beschreiben. Sie erscheint mir älter als du zu sein, mit mittellangem Haar. Vielleicht färbt sie es sogar." Wenn dein Gesprächspartner partout nicht aus sich heraus kommt, kannst du auch direkt nachfragen: „Gibt es jemanden in deinem Umfeld, auf den diese Beschreibung passt?" Meist erzählen sie dann von ihrer Mutter, auf die man dann anschließend wieder viele Dinge projezieren kann wie Liebe, Familienwerte, ungelöste Konflikte etc.

- „Mir kommen zwei Initialien in den Sinn, ein M und ein K. Mein Eindruck ist, dass jemand, dessen Namen mit dem Buchstaben M oder K beginnt, sehr wichtig für dich ist oder sein wird." Meist beginnen die Zielpersonen nun gebannt, nach dem jeweiligen Match zu suchen und du musst gar nichts weiter tun als abzuwarten, bis sie mit einem vermeintlichen Treffer und der entsprechenden Erklärung um die Ecke kommen. Andernfalls kannst du auch nach potenziellen Kandidaten fragen. M und K sind übrigens die beiden Anfangsbuchstaben der häufigsten Namen im deutschsprachigen Kulturkreis, sowohl für Männer als auch für Frauen. Und falls es wirklich keine Übereinstimmungen gibt, na dann bleibt ja immer noch die Möglichkeit einer zukünftigen Begegnung. Du siehst schon, verlieren ist hier unmöglich!

Eine weitere Technik der flexiblen Gesprächsführung stellt das **ungenaue Sehen** dar. Was verbirgt sich hinter diesem Ausdruck? Nun einfach der Versuch, mit **statistischen Wahrscheinlichkeiten** einen potenziellen Treffer zu landen, während man alle Fehlschläge mit der Ausrede abfedert, dass deine gedankliche Vision, die Reihenfolge der gezogenen Tarotkarten oder die Handlinien deiner Zielperson nicht ganz eindeutig sind. Du sagst beispielsweise: „Das Haus, in dem du lebst - ich sehe da eine 2 in der Hausnummer." Eine 2 kommt in jeder Zehnerreihe einmal vor (2, 12, 22, 32, etc.), zudem gehen die meisten Straßen über die Zwanzigerreihe hinaus (macht nochmal neun Extra-Chancen von 20 bis 29) und enden irgendwo bei 40 oder 50. Dazu kommen noch Mehrparteienhäuser, die oftmals Zusatznummern von 1 bis X für die einzelnen Wohnungen haben. Die Chance auf einen Treffer ist also recht hoch. Und wenn nicht? Na dann sagst du einfach: „Mhm, seltsam. Ich sehe hier eine 2 in der Hausnummer. Vielleicht ist es das Haus neben deinem?" Boom, da steigt die Trefferquote nochmal um das Doppelte, weil ja sowohl das Haus links als auch rechts daneben gemeint sein könnte. Wenn das alles nichts bringt, kannst du dann immer noch den Joker auspacken und sagen: „Vielleicht ist es auch das Haus von gegenüber, das du jeden Morgen als erstes siehst, wenn du die Tür aufmachst, und das deswegen eine spezielle unterbewusste Bedeutung für dich hat. Liege ich richtig?" Spätestens jetzt muss es eigentlich passen, wenn dein Gegenüber nicht gerade am Waldrand wohnt. Mit ein bisschen Anstrengung kann man das im schlimmsten aller Notfälle auch noch auf die Adresse des Arbeitsplatzes, einer regelmäßig aufgesuchten Sportstätte oder auf den Pudelfriseur des Vertrauens ausrichten. Bei mir klappt dieser Satz erstaunlich häufig bereits beim ersten Anlauf. Probiere es aus!

Das Prinzip kannst du natürlich mit anderen recht wahrscheinlichen „Eingebungen" kombinieren wie zum Beispiel: „Und aus irgendeinem Grund sehe ich ein blaues oder silbernes Auto in dieser Straße stehen." Blau und silber sind wohl die allerhäufigsten Autofarben. Macht Sinn? Genauso funktionieren dann auch etwas persönlichere Enthüllungen wie diese hier: „Deiner Herzlinie nach zu urteilen gab es vor etwa zwei Jahren eine Veränderung in deinem Liebesleben. Vielleicht ist eine Beziehung zu Ende gegangen?" Wenn nicht, dann: „Eventuell hattest du zu diesem Zeitpunkt einen bedeutsamen Streit in deiner Beziehung?" oder: „Vermutlich hat sich damals etwas in deiner Gefühlswelt verändert?" Mit so **schwammigen und zeitlich nicht weiter konkretisierten Aussagen** kann man eigentlich nicht daneben liegen - es sei denn, jemand will dich wirklich absichtlich gegen die Wand fahren lassen. Und solchen Leuten muss man nun auch nicht alles recht machen. „Denn die Karten/Handlinien/Visionen lügen niemals. Aber es kann natürlich sein, dass ich in diesem konkreten Fall momentan noch nicht genug Erfahrung habe, um diese leicht undeutliche Nachricht angemessen zu interpretieren." Ende gut, alles gut.

4.3 Personalisierte Statements

Sobald du mithilfe der Gesprächstechniken des kalten Lesens und der kontinuierlichen Interpretation von (non-)verbalen Hinweisen deines Gegenübers ein klares Bild vom Charakter, den Wünschen, Zielen und Präferenzen deiner Zielperson gewonnen hast, bist du in der komfortablen Lage, sie mit einer **individuell zutreffenden Beschreibung** in großes Staunen zu versetzen. Das ist spaßigste Teil der gesamten Lesung und die wohlverdiente Belohnung für all deine harten Bemühungen im Vorhinein. Der Unterschied zum warmen Lesen ist, dass du die Clues nicht direkt aus dem äußeren Erscheinungsbild deines Gesprächspartner ableiten konntest, sondern dir Schritt für Schritt in einer Art von geheimen Kennlernprozess erarbeiten musstest. Dafür ist die Zuverlässigkeit deiner Aussagen und die Wahrscheinlichkeit, dass sich deine Zielperson auch mit den von dir ausgesprochenen Gedanken identifiziert, viel höher angesiedelt als beim warmen Lesen, wo man sich aufgrund eines flüchtigen ersten Eindruckes schnell mal irren kann, oder die Leute aufgrund eines falsch interpretierten Tattoos oder eines vermeintlichen Eherings in die falsche Schublade steckt.

Diesen vollständig personalisierten Part des Gedanken- oder Handlesens richtig zu gestalten, erfordert etwas **Kreativität und spontane Eloquenz**, die du dir im Laufe der Zeit antrainierst und die deine Statements dadurch mit der Zeit immer natürlicher werden lassen. Da deine individuellen Aussagen hochgradig davon abhängen, was für eine Person du schlussendlich vor dir hast, kann ich dir leider keine vorgefertigten Skripte zum Auswendiglernen vorgeben. übung macht nun mal den Meister und von denen ist bekanntlich noch keiner vom Himmel gefallen.

Ich kann dir jedoch ein paar meiner bereits verwendeten Texte als Beispiele zur Verfügung stellen, die ich immer kurz nach der individuellen Lesung aus der Erinnerung her aufgeschrieben habe. Ich hoffe, dass sie dir bei der Weiterentwicklung deiner Fähigkeiten behilflich sein werden.

Für willensstarke, erfolgreiche und selbstbewusste Menschen:

„Deine Handlinien deuten auf eine hohe Willenskraft hin - auf jemanden, der sich nicht so einfach von anderen herum schubsen lässt. Jemand, der hart für die Dinge arbeitet, die ihm/ihr zustehen. Jemand, der voraus plant, der die Dinge selber regelt und nicht für jeden X-beliebigen stets auf Abruf steht. Ich glaube auch, dass du sehr hartnäckig sein kannst, wenn du etwas wirklich willst. Du hast in der Vergangenheit schon öfters mit äußeren Widerständen zu kämpfen gehabt, mit Steinen, die dir in den Weg gelegt worden sind oder Menschen, die aus Prinzip erstmal Nein gesagt haben, aber du bist es gewöhnt, dass du die meisten dieser Hindernisse dank deiner Ausdauer und persönlichen überzeugung schlussendlich überwindest. Auch wenn es einige wenige Leute gibt, auf die du etwas zu aufdringlich wirkst, bedeutet das nicht, dass du ein tyrannischer Befehleverteiler bist. Das sagen diese Linien nicht aus, ganz im Gegenteil: Wenn wir uns dein innerstes Ich anschauen, dann sehe ich eine Person, der die Dinge nicht wie manchen anderen einfach in den Schoß gefallen sind, sondern die sich anstrengen musste für das, was du in deinem Leben bisher erreicht hast. Und darauf kannst du getrost stolz sein!“

Harte Schale, weicher Kern:

„Interessanterweise gibt es einen Teil an dir, den du größtenteils für dich behälst. Es geht dabei um deine Verletzlichkeit. Die meisten Menschen kommen gar nicht auf die Idee, dass auch du in Wirklichkeit recht sensibel und empfindsam bist, weil sie nur die Seite von dir kennen, die immer stark und selbstbewusst erscheint. Aber mal ganz unter uns, deine Handlinien sagen noch viel mehr über dich aus. Innerhalb der letzten fünf bis sechs Jahre wurdest du mehrere Male von Sachen verletzt, die andere Menschen gesagt oder getan haben, und das hat dein Auftreten nachhaltig verändert. Du bist daran zum Glück keineswegs zerbrochen oder darüber verbittert, aber du bist einfach etwas vorsichtiger geworden und hast dir eine kleine emotionale Rüstung zugelegt. Deshalb nehmen dich manche Menschen, die dich nicht besonders gut kennen, manchmal etwas distanziert oder kühler im Umgang wahr. Kannst du von diesem Aspekt etwas in dir wiedererkennen?"

Für schüchterne Menschen:

„Ich würde sagen, dass du generell ein eher ruhiger und zurückhaltender Zeitgenosse bist, aber unter den richten Umständen und mit den richtigen Leuten kannst du dich regelrecht zum Mittelpunkt der Party aufschwingen. Ich habe jedoch das Gefühl, dass du dich in letzter Zeit aus irgendeinem Grund etwas zu sehr in dein Schneckenhaus verkrochen hast. Das ist schade, denn du hast eigentlich jede Menge Licht und Liebe verdient, und du könntest diese auch leicht von anderen bekommen, wenn du etwas offener wärst. Dir ist das sicherlich schon selber bewusst geworden, aber vielleicht könntest du diese Erkenntnis nun endlich auch zum Anstoß nehmen, um etwas in deinem Leben zu verändern oder einfach mal etwas Neüs auszuprobieren, was du schon lange mal machen wolltest - selbst wenn es am Anfang ungewohnt oder sogar beängstigend erscheint.

Du weißt schließlich selber am besten, dass du eigentlich kaum etwas zu verlieren hast, wenn du mal kurz deinen Schutzschild beiseite legst, um ungewöhnlichen Ideen, anderen Hobbys oder neuen Bekanntschaften eine Chance zu geben. Wer weiß, vielleicht findest du ja auf diese Weise ein paar der Antworten, die du bisher vergeblich gesucht hast!"

Für kreative Köpfe:

„Deine Lebenslinie ist sehr geschwungen, was auf ein schwungvolles Leben mit jeder Menge kreativer Energie hinweist. Es ist ein Zeichen von Ideenreichtum, Fantasie und der Fähigkeit, viele gedankliche Verbindungen und schnelle Assoziationen zwischen verschiedenen Aspekten deines Lebens und deiner Umwelt herzustellen. Vermutlich bist du eine sehr ausdrucksstarke Person, die ebenfalls ein besonderes Talent für eine kreative Tätigkeit wie die Malerei oder das freie Schreiben besitzt - es könnte aber auch ein besonders ausgefallener Sinn für Humor sein oder eine gestalterische Komponente in deiner Persönlichkeit. Mhm, und ich sehe hier, dass deine Kreativität sowohl aktiv als auch reaktiv ist. Das bedeutet, dass dir Stimulation durch neü Eindrücke, Orte und Ideen gut tut, auch Musik hat einen überdurchschnittlich großen Einfluss auf deine Gefühlswelt. Ich bin mir sicher, dass du einen recht interessanten und diversifizierten Musikgeschmack hast, der dir in deiner Freizeit viel Freude bereitet."

Städter träumt vom Landleben:

„Die Tarotkarten zeugen von einem inneren Konflikt und auf eine gewissen Rastlosigkeit hin. In dieser speziellen Anordnung können wir davon ausgehen, dass es um deine derzeitige Lebenssituation geht, und dabei vor allem um das lokale Umfeld, in dem du dich momentan befindest. Ich habe den Eindruck, dass du dich recht gut an das turbulente Leben in der Stadt angepasst hast. Natürlich ist Stress und Hektik hier an der Tagesordnung, aber du scheinst dich damit ganz gut arrangiert zu haben. Die Tarotkarten gehen aber noch eine Ebene tiefer und sagen mir, dass du eine Vorliebe für frische Luft hast, dich manchmal nach dem einfachen Landleben sehnst, und nach der Möglichkeit, die ganze urbane Unruhe einfach hinter dir zu lassen. Ich rede hier nicht von einem simplen Tagtraum oder etwas Fernweh - das haben wir alle zuweilen. Ich glaube, dass du über diesen alternativen Lebensstil wirklich schon mal aktiv nachgedacht hast, also wie es wohl wäre, über laubbestreute Waldwege zu wandeln, die Berge im Horizont zu sehen oder die frische Meeresbrise am Morgen einzuatmen, wenn du die Tür oder das Fenster aufmachst. Ich sehe hier ganz klar einen Moment in deiner Vergangenheit, wo du allein in deinem Zimmer sitzt und dich fragst, wie dein Leben wohl abseits der grellen Stadtlichter verlaufen wäre."

Mit **fester Überzeugung** und **unerschütterlichem Selbstbewusstsein** vorgetragen ezielen diese individualisierten Statements eine durchschlagende Wirkung. Viele deiner Gesprächspartner werden das Gefühl haben, dass du tatsächlich ihre Gedanken lesen oder direkt in ihre Seele schauen kannst. Mache dich daher auf allergrößtes Erstaunen gefasst!

4.4 Treffer konsolidieren und Lesung abschließen

Sobald du deine Zielperson nach etwa 5 bis 10 Minuten mit einer Vielzahl von erstaunlich zutreffenden Statements beeindruckt hast und euer Gespräch seinen gefühlten Zenit erreicht hat, solltest du deine Gedankenlesung sauber abschließen, bevor es einfach zu viel wird und das vormals fokussierte Gespräch zu sehr auseinander driftet. Dazu rekapitulierst du am besten nochmal alle deine Treffer, also die Aussagen, die bei deinem Gegenüber auf (non-)verbale Zustimmung gestoßen sind, in einer **kurzen Zusammenfassung**. Das hilft dabei, dass sich dein Gesprächspartner später eher an deine **hohe Trefferquote** erinnert als an deine Fehlschläge.

Oftmals kommentiert die Zielperson während der Lesung deine Behauptungen auf eine bestimmte Art und Weise, stellt selber Theorien auf, oder korrigiert deine Behauptungen sogar fleißig mit ihren eigenen Gedanken oder realen vergangenen Geschehnissen. Diese **hilfreichen Kommentare** solltest du dir stets gut merken, denn sie stellen kostbare Hinweise dar, die du kurz darauf in deine eigenen Aussagen mit einbauen kannst, und die du definitiv für deine abschließende Zusammenfassung gebrauchen solltest. Hier wiederholst du sie einfach mit einer Natürlichkeit, als hättest du sie in der vorangeganen Lesung bereits selber erraten bzw. gewusst. Meist kann sich dein Gesprächspartner nämlich nicht mehr genau daran erinnern, wie deine exakten Worte formuliert waren, und weiß daher nicht, welche Information tatsächlich von dir kamen und welche du aus der Reaktion oder den Kommentaren deiner Zielperson schließen konntest. Trage dein Resumee einfach **selbstbewusst und flüssig** vor, und es wird aufgrund der vielen bereits bestätigten und zutreffenden Aussagen kaum mehr Widerstände oder sonstige Zweifel geben.

Lasse **Rückfragen** jederzeit wohlwollend zu, antworte ausführlich und intensiviere dadurch nochmals die Erfahrung deines Gegenübers hinsichtlich der behandelten Punkte, die für sie oder ihn von besonderer Bedeutung sind. Dann **bedankst** du dich bei deinem Gegenüber ganz herzlich für das dir entgegengebrachte Vertrauen und markierst damit das offizielle Ende der Gedankenlesung. Um den Vibe zwischen euch wieder vollständig zu normalisieren, hilft es, deine **Körperhaltung zu verändern**, sich anders im Raum zu platzieren oder komplett das **Setting zu wechseln** und vielleicht zusammen einen Spaziergang zu machen. Manchmal kommt es vor, dass gerade gelesene Personen sehr ihren eigenen Gedanken nachhängen und dadurch leicht abwesend erscheinen. Das ist völlig in Ordnung und sollte dich nicht aus der Ruhe bringen lassen. Gib deinem Gegenüber genug Zeit, um das Erlebte oder Besprochene zu verarbeiten, und frage nach ihrer bzw. seiner Meinung zur Lesung. Wenn du die Stimmung etwas auflockern willst, kannst du natürlich auch komplett das Thema wechseln.

Wenn du gefragt wirst, wie du das alles wissen konntest, ist es am besten, sehr schwammig zu antworten. Das hängt natürlich stark vom Kontext der Lesung ab, von denen wir zu Beginn dieses Buches bereits verschiedene besprochen haben. Wie gesagt kannst du es als **sehr komplexen und schwierigen Interpretationsvorgang** verschiedener individueller Zeichen (Handlinien, Tarotkarten, persönliche Aura, etc.) erklären oder einfach auf das **jahrhundertealte Familiengeheimnis** verweisen und dir damit jegliche Erklärung selbst verbieten. Manchmal funktioniert auch eine Kombination aus beidem, da sich deine Zielperson dann sogar noch glücklich schätzen kann, ein paar der eigentlich streng geheimen Informationen von dir erhalten zu haben und sich damit wenigstens ein abstraktes Bild deines vererbten Talentes machen zu können.

Wie in der Zauberei auch fragen sich die Leute nach einer erfolgreichen Lesung stets, wie du das wohl gemacht hast, aber fühlen sich schlussendlich doch irgendwie enttäuscht, wenn sie des Rätsels Lösung erst einmal kennen. Um die Magie des Augenblicks zu erhalten, ist es daher zu empfehlen, stur zu bleiben und so **kurz angebunden zu antworten**, dass die meisten die Lust verlieren oder dir allein aus zwischenmenschlichem Respekt nicht weiter auf den Keks gehen wollen. Für viele ist es dann einfach eine große empathische Gabe, die du besitzt, oder sogar tatsächlich eine übernatürliche Eingebung aus interpretierten Handlinien und Tarotkarten. Einige penetrante Zeitgenossen werden jedoch nicht müde werden, dich über deinen „Trick“ direkt auszufragen oder dich mit eigenen Erklärungsversuchen zu weiteren Hinweisen verlocken zu wollen. Auch hier hilft allein, mehr Geduld an den Tag zu legen als so mancher Quälgeist.

In vielen Kontexten bietet es sich an, die Lesung mit einer **individuellen Zukunftsprognose** ausklingen zu lassen. Mit diesem Handgriff lenkst du das Augenmerk zudem weg von deiner magischen Gabe des Gedankenlesens und richtest den Fokus stattdessen wieder mehr auf deinen Gesprächspartner und dessen persönliche Zukunftsaussichten. Wie das geht, lernst du im folgenden Kapitel.

4.5 Die Zukunft vorraussagen

Nachdem du deiner Zielperson deine Gedankenlese-Kompetenz und deine **hohe Trefferquote** noch einmal subtil in Erinnerung gerufen hast, indem du eine **kurze zusammenfassende Wiederholung** der bisher (non-)verbal akzeptierten Statements präsentiert hast, ist es an der Zeit, eine **Zukunftsprognose** abzugeben, die deinen Gesprächspartner mit einem guten und zuversichtlichen Gefühl aus deiner Fürsorge entlässt. (Also bitte nichts in der Art von „Oh mein Gott, ich sehe einen grausamen Tod, qualvolle Schmerzen und unsagbares Verderben in naher Zukunft für dich und deine gesamte Familie!") Generell musst du abwägen, ob es zur Situation und deiner Zielperson passt, einen Blick in die Zukunft zu werfen, oder ob es allein um einen „Beweis" deiner Fähigkeiten geht.

Im Normalfall mache ich diese Prophezeiungen jedoch sehr gerne, weil es dein Gegenüber dazu motiviert, in eine neue Richtung zu denken und die Aufmerksamkeit von eventuellen Fehlern ablenkt (denn was noch nicht passiert ist, kann nicht falsch vorhergesagt sein). Außerdem kannst du die Stimmung auf diese Weise zum Ende hin nochmal prima auflockern und je nach Vorhersage jede Menge **Sympathiepunkte** gewinnen. Das ist wichtig, denn wenn jemand deine Zielperson zwei Wochen später nach deiner Lesung fragt, wird es für sie im Nachhinein ausschlaggebender sein, wie sie sich unter deinem Einfluss gefühlt hat als wie zuverlässig deine Aussagen und Prognosen im Endeffekt tatsächlich waren.

Wie gesagt ist das **Gefühl**, das du deinem Gegenüber mit deiner Vorhersage vermittelst, viel **wichtiger als der konkrete Inhalt**. Du beschreibst daher am besten eine glückliche und aufregende Zukunft, in der sich persönliche Wünsche erfüllen und Hoffnungen bestätigt werden. Sprich besser nicht im Detail von spezifischen Ereignissen oder einem konkreten Zeitpunkt. Stattdessen erzählst du lieber von **Tendenzen, Möglichkeiten und Potenzial**. Typische Themen umfassen wieder einmal das persönliche Glück in Liebe und Beruf, Gesundheit sowie Finanzen, und sollten zumindest eine gewisse statistische Wahrscheinlichkeit aufweisen. Vieles davon kann man zudem unter dem Label **selbsterfüllende Prophezeiung** verbuchen, weil wir unserer Zielperson den Optimismus vermitteln, mit dem sich die vorhergesagten Erfolge eher erreichen lassen. Schauen wir uns im Folgenden ein paar Beispiele an, um das Vorgehen zu verdeutlichen.

Früchte harter Arbeit:

„Ich sehe, dass du das Potenzial hast, hart für deine Ziele zu arbeiten und dadurch alles zu erreichen, was du dir in diesem Leben vornimmst. Du wirst auf deinem Weg zwar einigen äußeren Widerständen in Form von ablehnenden Personen und situativen Hürden begegnen, aber du kannst diese mithilfe deiner inneren Stärke und Hartnäckigkeit letztendlich alle überwinden.“

Für Singles:

„Du hast die Möglichkeit, jemand ganz Besonderen innerhalb der nähsten 6 bis 12 Monate kennenzulernen. Diese Person wird anders sein als die Männer/Frauen, mit denen du normalerweise ausgehst, und ihr werdet euch wahrscheinlich an einem Freitag, Samstag oder Sonntag zum ersten Mal begegnen, an einem Ort und in einer Situation, in der du es am wenigsten erwarten würdest.“

Liebe auf den ersten Blick:

„Wenn du deinen Seelenverwandten/deine Seelenverwandte zum ersten Mal triffst, wirst du es sofort wissen. Du wirst die Chemie zwischen euch spüren und dich direkt zu ihm/ihr hingezogen fühlen. (Für Frauen:) Er wird größer sein als du und ein unverkennbares Funkeln in den Augen haben, wenn er dich ansieht. Ich sehe hier eine gewisse Bedeutung für dich im Zusammenhang mit folgenden Initialien: A wie Alexander, M wie Markus, R wie Robert. (Für Männer:) Sie wird etwas kleiner sein als du und ein unwiderstehlich süßes Lächeln auf den Lippen tragen. Ich sehe hier eine gewisse Bedeutung für dich im Zusammenhang mit folgenden Initialien: A wie Anna, D wie Daniela, S wie Sabine."

Verbesserung der Beziehung:

„Die Verzweigung deiner Herzlinie hier deutet an, dass dich das Thema Beziehung in den letzten 14 Monaten mit Sorge erfüllt hat - vielleicht sogar auf eine Art und Weise, die nicht mal deine engsten Freunde vollständig verstehen würden. Jedoch sieht es danach aus, dass innerhalb der nächsten 12 bis 18 Monate viel glücklichere und heitere Aussichten auf dich warten."

Überraschender Kontakt:

„Während des nächsten Monats wirst du unerwarteterweise von jemandem kontaktiert werden, von dem du schon lange nichts mehr gehört hast."

Neuanfang:

„Ich sehe für deine unmittelbare Zukunft großes Potenzial dafür, mit mehr Positivität und Optimismus durch dein Leben zu gehen. Du wirst gedanklichen Frieden mit vielen Dingen finden, die dich in der Vergangenheit gestört oder frustriert haben. Stattdessen ist jetzt eine gute Zeit, um mit dir selbst ins Reine zu kommen und einen neuen Anfang zu machen. Dein Freundeskreis wird sich dann in der Folge ebenfalls vergrößern und du wirst interessante neue Bekanntschaften machen."

Es ist empfehlenswert, anschließend noch eine **verbale Haftungsauschlussklausel** beizufügen, sodass dich dein Gegenüber nicht auf eine spezifische Vorhersage und ihr todsicheres Eintreffen festnageln kann. Am besten sagst du so etwas wie: „Natürlich kann es vorkommen, dass die ein oder andere Vorhersage mal daneben liegt. Es immer eine Frage der Interpretation und das kann manchmal ganz schön schwierig sein. Außerdem habe ich ja nie behauptet, unfehlbar zu sein, oder? Aber ich weiß, dass ich in den allermeisten Fällen Recht behalte, daher weiß ich auch, dass es funktioniert."

5. Manipulation, Suggestion und Verführung

5.1 Die geheime Kraft des Gedankenlesens

Wie du dir wahrscheinlich schon denken kannst, gibt es noch **viele weitere Anwedungsgebiete** des hier vorgestellten Wissens. Gerade in der Produktwerbung, im Vertrieb und Verkauf, der Politik und sogar bei der Partnersuche werden oftmals warme und kalte Lesetechniken auf mehr oder weniger bewusste Art und Weise eingesetzt. Wir alle versuchen tagtäglich, uns bestmöglich in unsere Mitmenschen hineinzuversetzen - das ist die Basis für gegenseitiges Verständnis, zwischenmenschliche Kommunikation, und damit unserer gesamten modernen Zivilisation. Es hilft uns nicht nur dabei, einander einzuschätzen und besser miteinander zu kooperieren, sondern auch die **Unterstützung von anderen Menschen** für unsere eigenen Ideen zu gewinnen. Denn wie schon jeder findige Autoverkäufer oder clevere Wohnungsmakler weiß, überzeugt man seine Kunden am besten immer mit ihren eigenen Argumenten und individuellen Wertigkeiten.

Bei der Verführung von potenziellen Liebespartnern ist das richtige Einschätzen unseres Gegenübers sogar noch wichtiger, ansonsten riskieren wir schnell eine unangebrachte Verhaltensweise. Unsere neu gewonnen Lesetechniken können aber nicht nur dabei helfen, unsere Zielperson besser kennen zu lernen, sondern auch um eine **starke persönliche Verbindung** zu erschaffen. Denn wie oft treffen wir schon auf eine andere Person, die uns auf Anhieb so gut versteht wie einen Gedankenleser?

Es fühlt sich an, als würdet ihr euch bereits seit Jahren kennen und es entwickelt sich ein atemberaubendes Gefühl der Vertrautheit, in ungewöhnlich schnellem Tempo. Die Neugier deines Gesprächspartners auf dich wird ins Unermessliche steigen, wenn du auch nur ein paar einfache Treffer landest, was so persönliche Themen wie die eigene Persönlichkeit, individuelle Ziele und Träume, oder lang vergessene Erinnerungen aus der Kindheit angeht. Hier ein Beispiel dazu:

Arrogant wirkende attraktive Frau:

„Ich erzähle dir jetzt etwas über dich, was dir so noch niemals jemand gesagt hat. Deine übliche Masche funktioniert bei mir nämlich nicht. Ja ich weiß, die meisten Männer kaufen dir dieses „Ich bin hübsch und bekomme sowieso alles, was ich will"-Aufreten ab. Aber ich sehe etwas an dir, was keiner von denen versteht. Denn du hast in der Tat auch noch eine andere Seite an dir - eine Seite, die keiner von ihnen jemals zu sehen bekommt. Ich wette mit dir, dass ich etwas über dich weiß, dass niemand, der dich erst seit 5 Minuten kennt, jemals ahnen würde. Denn für die meisten Menschen scheinst du eine wirklich taffe Frau zu sein, wenn man dich so von außen sieht, aber in Wirklichkeit bist du extrem sensibel. Wenn jemand schlecht über dich redet oder dir einen negativen Kommentar um die Ohren haut, dann spielst du zwar die coole Unbeeindruckte und tust du so, als ob dir das alles nichts ausmacht. Aber tief drinnen trifft es dich und auf dem Heimweg denkst doch darüber nach, was jemand anderes über dich gesagt hat. Du bist so empfindsam und verwundbar wie das kleine Mädchen, das du einmal warst. Nur leider haben die meisten Menschen um dich herum kaum Gelegenheit mehr dazu, diesen liebenswerten Teil von dir hinter deiner Fassade ebenfalls kennen zu lernen. Wahrscheinlich wurdest du in der Vergangenheit einfach zu oft verletzt und hast dir deshalb so etwas wie eine Schutzmaske zugelegt, mit denen du jedem Unbekannten zuerst begegnest. Die ausgewählten Personen, denen du wirklich vertraust, kennen jedoch das volle Spektrum deiner Persönlichkeit."

Zudem kannst du das Setting des Gedankenlesens dazu nutzen, deine Zielperson **mit subtilen Suggestionen** auf ein sexuelles Abenteuer oder eine Liebesbeziehung mit dir einzustimmen. Dazu lässt du nach ein paar warm oder kalt gelesenen, zuftreffenden Aussagen einfach mal ein paar Statements mit einfließen, die das von dir beabsichtigte Mindset bei deinem Gegenüber stimulieren. Das funktioniert natürlich nur bis zu einem gewissen Grad, aber mit etwas Übung wirst du erstaunt sein darüber, wie viel Arbeit dir damit im weiteren Verführungsprozess abgenommen wird. Es ist fast so, als könntest du dadurch jede X-beliebige Person mental und emtional in einen Zustand versetzen, viel offener für Flirts zu sein, spontane Gelüste nicht weiter hinter sozialen Schutzschilden verstecken zu müssen und eventuell auch mal mit einer ganz neuen Bekanntschaft den nächsten Schritt zu wagen. Ob das dann ein ausgelassener Tanz, ein sinnlicher Kuss oder sogar mehr ist, hängt von deiner Kompetenz auf dem Gebiet der Verführungskunst ab. Den Einstieg erleichterst du dir damit aber auf jeden Fall. Anbei ein Beispiel:

Suggerierte Zugänglichkeit:

„Du wirkst nach außen hin sehr selbstbewusst und selbstsicher, aber du hast auch eine sehr sensible Seite an dir, die du aber nur den Personen zeigst, denen du ausreichend vertraust und die dich bereits sehr gut kennen. Generell fühlst du dich sehr wohl in der Gesellschaft von Menschen, die mit dir auf der gleichen Wellenlänge sind. Auch der Rückhalt in der Familie ist sehr wichtig für dich und gibt dir Kraft. (Bisher alles allgemeingültige Beschreibungen) Es gibt in deiner Familie jedoch eine Person, die sich momentan ein bisschen Sorgen macht, was deine Zukunft angeht, oder sie ist zumindest etwas skeptisch. (Aufgrund des jungen Alters warm gelesen bzw. geraten da sehr wahrscheinlich) Den Menschen, die dein Wohlwollen genießen, möchtest du Gutes tun und du lässt sie gerne und offen an deinen Gefühlen teilhaben.

Natürlich wurde diese Offenheit in früheren Situation eventuell auch schon mal ausgenutzt und du hast dich dadurch verletzt gefühlt. Aber das hat glücklicherweise nichts daran geändert, dass du immer noch mit viel Lebensfreude und Zuversicht auf andere Menschen zugehst und neuen Bekanntschaften stets eine Chance gibst, dich so kennen zu lernen wie du wirklich bist. (Nach diesem Regenbogen-Statement folgt nun die Suggestion:) Dass du dich auch beim allerersten Kontakt nicht von anderen abschottest oder eine distanzwahrende Fassade aufsetzt, sondern authentisch bleibst und echtes Interesse am anderen ausstrahlst, macht dich für viele auf Anhieb sehr sympathisch."

Nach ein paar warm und kalt gelesenen schmeichelhaften Allgemeinplätzen platzierst du deine Botschaft, bzw. die Charaktereigenschaften, die du bei deiner Zielperson gerne triggern möchtest. Im obigen Beispiel ist das vorrangig eine emotionale Offenheit und gedankliche Unvoreingenommenheit gegenüber jeder neuen Bekanntschaft, also kurz gesagt gegenüber mir selber. Wenn deine ersten Statements ins Schwarze treffen, dann werden auch die später hinterher geschuggelten Aussagen mit großer Wahrscheinlichkeit mental angenommen und **verändern temporär das Selbstbild und somit das Verhalten deines Gesprächspartners**. Dein Gegenüber wird sich automatisch offener und vertrauensvoller an dich wenden als ohne diese kleine Gedankenmanipulation. Das erleichtert das Kennenlernen und alle weiteren Schachzüge im Spiel der Verführung natürlich ungemein - sei es nun tatsächlich ein Date oder auch nur ein Verkaufsgespräch.

Für eher romantische Zwecke nutze ich am liebsten das **Handlesen**, weil es einen guten Vorwand dafür liefert, deine Zielperson bereits frühzeitig zu berühren und damit über einen relativ langen Zeitraum vertrauensvollen **Körperkontakt** herzustellen, der für eine erfolgreiche Verführung äußerst wichtig ist. Die warmen und kalten Lesetechniken eignen sich beim Dating super, weil sie deinem potenziellen Partner vortäuschen, etwas sehr Persönliches oder Intimes über sie zu wissen, was in den meisten Fällen mit einem Gefühl von außergewöhnlicher Verbundenheit, Neugier und erster Anziehung belohnt wird. Dabei brauchst du nichts weiter als etwas Kreativität bei der Formulierung von profanen Statements, die so auf fast alle Menschen eines bestimmten Alters und Geschlechts zutreffen, wie zum Beispiel: „Nach außen erscheinst du meist sicher und selbstbewusst, aber innerlich fühlst du manchmal genau das Gegenteil davon.“ Anbei noch eine mächtige kalte Lesung für sehr schöne Frauen:

Schönheit kapselt ab:

„In gewisser Weise hat es nicht nur Vorteile, so toll auszusehen wie du. Natürlich ist es von Zeit zu Zeit ganz angenehm, die anerkennenden Blicke anderer Menschen zu spüren und sich dabei begehrenswert zu fühlen. Aber das macht es auch schwer, eine wirklich unvoreingenomme Person zu treffen. Auf den ersten Blick wird jeder meist nur auf dein Äußeres achten und den eigentlichen Menschen hinter der hübschen Fassade komplett außer Acht lassen. Böswillige oder neidische Frauen werden dir einen mangelden Intellekt unterstellen und viele Männer wollen nur aufgrund deines Aussehens in deiner Nähe sein, nicht aufgrund deiner Persönlichkeit, die sie meist kaum interessiert. Trotzdem wären sie jederzeit dazu bereit, mit dir ins Bett zu steigen, was dich in der Vergangenheit manchmal extrem enttäuscht oder frustriert hat. Stattdessen suchst du nach einem Mann, der dich für das liebt, was du bist, der dich wirklich versteht und mit dem du dich auf gleicher Augenhöhe austauschen kannst.“ Und wer mag das bloß sein? Die Antwort überlasse ich dir, meisterhafter Gedankenleser…

Unabhängig und unternehmungslustig:

„Du scheinst eine starke und selbstbewusste Frau zu sein, deswegen möchtest du wahrscheinlich auch einen tatkräftigen Mann mit klaren Zielen im Leben an deiner Seite, der mit dir zusammen einfach mehr darstellen will als jeder für sich alleine. Da du recht unabhängig bist, brauchst du nicht dringend irgendeinen Mann, sondern bist einfach offen dafür, den Richtigen zu finden. Ich glaube, du bist die Art von Person, die sich nicht gerne von anderen zurückhalten lässt oder einfach auf der faulen Haut liegt. Es gibt so viele Dinge, die du gerne machen würdest und du hast kaum genug Zeit für alle deine Pläne und Ideen." An diese zielgerichtete Suggestion lässt sich später sehr gut eine gemeinsame Unternehmung anknüpfen, sodass man mit Leichtigkeit ein aktives und spannedes erstes Date verabreden kann.

Stille Wasser sind tief:

„Normalerweise hälst du erstmal persönlichen Sicherheitsabstand und schaust dir neue Bekanntschaften aus der Entfernung an. Natürlich bist du trotzdem nett und höflich, selbst wenn du es mit Leuten zu tun hast, die nicht ganz nach deinem Geschmack sind. Wenn du sie aber magst oder interessant findest, gibst du deine förmliche Distanz schnell auf und zeigst dein wahres Ich. In der Vergangenheit wurdest du leider auch schon mal enttäuscht oder verletzt, wenn du dich zu früh gegenüber einer neuen Person geöffnet hast. Deshalb hast du diesen sozialen Schutzschild um dich herum errichtet, der es dir unmöglich macht, neuen Bekanntschaften auf Anhieb zu vertrauen oder zu viel von deiner echten Persönlichkeit preiszugeben. Da steckt nämlich jede Menge Leidenschaft und Wildheit in dir, die du gerne ausleben würdest, aber deine rationale Vorsicht hält dich leider des Öfteren zurück. Um diese zu überwinden, musst du einem Menschen schon wirklich tiefes Vertrauen schenken und eine ungewöhnlich starke Verbindung zwischen euch spüren." So weckst du die Geister wilder Leidenschaft. Das nächste Beispiel verwendet das gleiche Motiv.

Scheues Reh mit wilder Leidenschaft:

„Nach außen hat man den Eindruck von einem anständigen und etwas zurückhaltenden Mädel, das sich dabei aber immer adäquat und stilvoll zu benehmen weiß. In Wirklichkeit hast du aber auch eine total wilde und leidenschaftliche Seite an dir, die du nur mit einem Kerl ausleben kannst, der dich für deine natürlichen Begierden nicht verurteilt und dem du deshalb voll vertrauen kannst. Außerdem versteht es sich von selbst, dass diese Dinge komplett zwischen euch bleiben und niemand anderes etwas davon erfährt." Diese Suggestion ist wieder mal eindeutig auf dich selber gemünzt und kann den Gedanken deiner Zielperson einen deftigen Schubser in die richtige Richtung geben, ohne dass du explizit von euch beiden geredet hast.

Auf der Suche nach selbstbewussten Männern:

„Ich glaube, du magst männliche Dominanz und gibst dich einem selbstbewussten Kerl gerne hin. Natürlich muss er dabei stets wissen, was er tut, und dich seine Stärke und Entschlossenheit spüren lassen. Das turnt dich an. Wenn du merkst, dass er kein Selbstbewusstsein hat oder sich von dir allzu sehr in seinen Überzeugungen beeinflussen lässt, ist er bei dir unten durch - egal wie gut er aussieht. Einem richtigen Mann dagegen kannst du kaum widerstehen." Wer so beinharte Suggestionen verwendet, muss anschließend natürlich auch liefern können und darf sich nicht den Rest des Abends hinter seiner Bierflasche verstecken, sonst wendet sie sich enttäuscht von dir ab und dem nächstbesten Macker zu.

Perfektionistin mit Fetisch:

Diese Beschreibung fand in einem sehr ausgelassenen Party-Setting statt und kommt daher mit überspitzten und humorvollen Formulierungen sehr schnell auf den Punkt, anstatt über einen vorsichtigen Aufbau mit generellen Statements einzusteigen: „Dein sehr korrektes Aussehen mit perfekt sitzender Frisur, markanter Brille und stilsicherer Kleidung lässt dich intelligent und nach außen hin auch etwas kühl erscheinen, aber innerlich hast du eine sehr wilde und ausgesprochen leidenschaftliche Tendenz, die alles Mögliche mal ausprobieren will. Das ist fast so wie bei diesen akademischen Business-Frauen, die nach ihrem seriösen Bürojob dicke Bänker in ihrem hauseigenen SM-Keller empfangen, um dort mal richtig die Sau rauszulassen und dem auf allen Vieren kriechenden Klientel die Lederstiefel in den Rücken zu stemmen. (Ironisches Zwinkern) Also ich wette, du hast zumindest schon mal darüber nachgedacht, deinem Partner im Bett einen Knebel in den Mund zu stecken und ihm Peitsche schwingend Handschellen anzulegen. Das Codewort für einen vorzeitigen Abbruch ist dann übrigens Teddybär, falls du dich beim Rollenspiel zu sehr ins Zeug legst. Aber jetzt frage ich mich natürlich schon, ob ich Angst haben muss, wenn ich das nächste mit dir alleine bin?“ Diese sehr direkten Statements haben nun wirklich nicht mehr viel mit unauffälliger Suggestion zu tun. Auf der anderen Seite kannst du auf diese Weise einen äußerst vertrauensvollen sexuellen Vibe zwischen euch herstellen, ohne dabei euch beide explizit beschrieben zu haben. So kannst du schon mal unbedarft das Wasser testen und es im schlimmsten aller Fälle schlicht als Witz abtun. Ihre Reaktion bzw. ihre Antwort auf deine Frage wird dir auf jeden Fall eine sehr eindeutige Vorstellung davon verschaffen, was an diesem Abend noch möglich ist. Ein verschmitztes Grinsen ist da jedenfalls schon ein guter Anfang...

Es gibt viele Möglichkeiten, **romantische oder sexuelle Suggestionen** auch außerhalb einer offiziellen Lesung und stattdessen **in einem heißen Flirtgespräch** zu verwenden. Zum Beispiel sagst du einfach mit einem Gewinnerlächeln im Gesicht: „Du bist bestimmt sehr verschmust und sinnlich im Bett." Wenn du es selbstbewusst anmerkst, wird sich deine Zielperson definitiv für einen Moment so fühlen und auf diese Weise stimulierst du jetzt bereits verbal die richtigen Hirnareale, um später nonverbal richtig durchzustarten. Genauso kannst du einer alten Bekanntschaft bei erneutem Wiedersehen anerkennend gestehen: „Wow, du hast dich echt zum Positiven verändert!" Wenn du dann nach einer Erklärung gefragt wirst, erzählst du deinem Gegenüber, dass er oder sie viel offener, lockerer, extrovertierter und sexier wirkt als du in Erinnerung hattest. Was glaubst du wohl, welchen Effekt diese Aussagen auf das Selbstbild, Körpergefühl und Verhalten deines Gegenübers haben werden?

Eine weitere **hochwirksame suggestive Manipulation**, die sich ganz einfach **in jedes Kennlerngespräch einbauen lässt**, geht wie folgt: „Also um ehrlich zu sein, dachte ich die ersten Minuten von dir, dass du eventuell etwas arrogant oder distanziert bist. Aber jetzt erkenne ich, dass das nur eine Fassade war, die du gegenüber fremden Menschen hast, um dich etwas abzuschirmen. Wo ich dich etwas besser kenne, muss ich gestehen, dass du mir echt gut gefällst. Du scheinst auf einmal viel offener, lockerer, extrovertierter und sexier." Das Attribut am Ende kannst du wahlweise gegen die Eigenschaft(en) eintauschen, die du im Selbstverständnis und in den Verhaltensmustern deiner Zielperson gerne verstärkt sehen möchtest.

Nutze diese Techniken jedoch mit Bedacht, da du niemanden um 180° drehen kannst und jegliche Suggestionen umso besser funktionieren je eher diese den tatsächlichen **Persönlichkeitsmustern** gleichen, die tief in deinem Gesprächspartner schlummern. Du kannst einem Hardcore-Veganer vermutlich selbst mit der ausgefeiltesten Suggestion nicht dazu bewegen, einen Heißhunger auf Rinderhackburger mit Baconstreifen zu entwickeln. Davon abgesehen solltest du niemals jemanden per suggestiver Lesung zu Handlungen bewegen, die er oder sie später bereuen oder sich deswegen schlecht fühlen könnte. Wie du deine neu gewonnen Fähigkeiten, andere Personen adäquat zu lesen, für weitere Gesprächskniffe im Kontext von Dating und Vertrauensaufbau hingegen gewinnbringend nutzen kannst, lernst du im nun folgenden Kapitel aus meinem Dating-Ratgeber namens „Zu Mir oder Zu Dir - Das Flirt & Dating Handbuch für erfolgreiche Verführungen“.

Ich wünsche viel Vergnügen!

5.2 Empathische Kommunikation (aus „Zu Mir oder Zu Dir“)

„Das Vertrauen gibt dem Gespräch mehr Stoff als der Geist.“
François de La Rochefoucauld

Beim Anbandeln mit potenziellen Partnern bezeichnen wir das **gegenseitige Vertrauen und das Gefühl einer besonderen persönlichen Verbindung** kurz als Chemie. Da die meisten Menschen immer noch nicht wissen wie Chemie entsteht oder wie sie gar willentlich erschaffen werden kann, heißt es daher rückblickend oft einfach nur „Die Chemie zwischen uns beiden hat einfach gestimmt“. Für fast alle Frauen ist Chemie eine unabdingbare Voraussetzung für eine Beziehung und Sex. Damit wird sie automatisch essentieller Baustein deiner Verführung. Es gibt wohlgemerkt Situationen, in denen du ein Mädel auch ganz ohne Chemie mit nach Hause nehmen kannst. Ein typisches Beispiel ist der One-Night-Stand mit der angetrunkenen Partymaus, die nach zwei Songs und fünf gewechselten Wörtern hemmungslos mit dir auf der Tanzfläche rummacht. Jedoch brauchen die vielen introvertierten, schüchternen oder einfach traditionell eingestellten Häschen ein umfangreicheres Kennenlernen als notwendigen Zwischenschritt. Und der kann jede Menge Spaß machen, wenn du weißt wie!

Das Einmaleins der Kommunikation mit Frauen: Die meisten Männer machen den Fehler, die Gesprächsmuster, die sie mit anderen Männern praktizieren, auf die privaten und intimen Momente mit ihrer besseren Hälfte zu übertragen. Ein Plausch mit dem Objekt deiner Begierde ist aber kein simpler Austausch von rationalen Informationen, bestenfalls gepaart mit ein paar dreckigen Zoten.

Und ein Date ist auch kein Jobinterview. Fragen müssen nicht unbedingt geradeheraus beantwortet werden sondern inspirieren vielmehr dazu, Gemeinsamkeiten zu finden und Empathie herzustellen. Als Gesprächsthemen eignen sich hervorragend **positiv besetzte Erinnerungen oder persönliche Wünsche und Träume**, also beispielsweise bereits besuchte oder in Planung befindliche Urlaubsziele.

So sorgst du dafür, dass sich dein Gespräch vom Gebrabbel der regulären Durchschnittstypen unterscheidet. Auch auf die langweiligen Standardfragen, die sie dir über Job, Ausbildung, Wohnort, Alter etc. stellen könnte, solltest du ein paar originelle Antworten auf Lager haben, um dich vom farblosen Rest abzuheben. Du hast aber noch ein weiteres strategisches Ziel im Hinterkopf: Finde eine gemeinsame Aktivität, ein zukünftiges Event oder ein sonstigen Anlass, um dich ganz natürlich mit ihr zu verabreden. Wenn ihr herausfindet, dass ihr beide gerne feiern geht, frag sie, wo sie am liebsten ausgeht und schlage vor, sie am nächsten Wochenende zu begleiten. Ein relativ plattes Beispiel aber ein **sicherer Weg zum nächsten Date**. Besser noch du findest etwas Persönliches wie zum Beispiel, dass ihr als Kinder beide gerne die Enten im Park gefüttert habt, und das gerne mal wieder machen würdet. So kommst du unverkrampft zu einer weiteren Verabredung, die euch beiden Spaß macht und weniger Druck erzeugt als der übliche Kino- oder Restaurantbesuch.

Außerdem gibt es eine Menge **persönliche und unkonventionelle Fragen**, die hauptsächlich darauf abzielen, angenehme Emotionen hervorzurufen und diese mit dir zu verknüpfen. Die meisten davon thematisieren sehr intime und private Dinge, sodass es deiner Gesprächspartnerin bereits nach kurzer Zeit gar nicht anders vorkommen kann, als würdet ihr euch schon seit Ewigkeiten kennen – so einfach fällt es ihr, sich dir gegenüber zu öffnen. Und du wirst im Turbomodus zur Vertrauensperson.

Ein paar Beispiele für unterhaltsame und tiefergehende Gesprächseinstiege:

- Was für Komplimente bekommst du normalerweise von Typen? Und von Frauen?

- Mit welcher Schauspielerin oder Musikerin wirst du normalerweise verglichen? (Sie antwortet mit *Sängerin XY*.) Und wem sehe ich ähnlich? (Sie sagt *Schauspieler XY*.) Soso, gefällt dir *Schauspieler XY*? *Sängerin XY* finde ich hot.

- Welche deiner Eigenschaften kennen die wenigsten Leute?

- Nenne mir zwei Dinge, die ich über dich wissen sollte oder mit denen ich bei dir nicht rechnen würde.

- Bist du eher ein Stadtmensch oder ein Naturliebhaber?

- Wenn du morgen an einem Ort deiner Wahl aufwachen könntest, wo in der Welt würde es dich hin verschlagen?

- Stell dir vor, eines Tages kommt eine Fee vorbei und verwandelt dich für einen Tag in einen Mann. Was würdest du anstellen?

- Wenn du dich in ein anderes Zeitalter versetzen könntest, wohin würdest du dich wünschen und wer würdest du gerne sein?

- Wenn du dir drei verschiedene Leben aussuchen könntest, die du anschließend leben würdest – egal ob in der Vergangenheit oder Zukunft, egal ob als Mann oder Frau, egal ob als eine bestimmte Berühmtheit oder komplett unbekannte Person – welche drei Leben würdest du wählen? (Frage bei jedem Leben nach, warum sie gerade dieses ausgewählt hat und was genau sie an der Erfahrung sie faszinieren würde. Was ist ihr Hauptmotiv bei den einzelnen Leben – Neugier, Abenteuer, Reichtum, Macht, Ruhm oder doch ein erfülltes Familienleben?)

- Was macht dich glücklich? (Sehr schöne offene Frage)

- Was war dein schönstes Erlebnis in diesem Jahr?

- Was ist das Peinlichste, was dir jemals bei einem Date passiert ist? (Überlege dir eine lustige Geschichte für ihre Gegenfrage!)

- Wie oft warst du in deinem Leben richtig verliebt? (Sich mit dir an diese intensiven Gefühle zu erinnern, hat nur einen Zweck: Wenn du Glück hast, wird sie einen Bruchteil dieser Emotion in Zukunft unbewusst mit dir verbinden.)

- Was ist die krasseste sexuelle Sache, die du in deinem Leben je gemacht hast? (Mach dich auf die Rückfrage gefasst und hab besser eine gute Story parat: Außergewöhnliche Orte wie Aufzug, Umkleidekabine, Strand, Motorhaube, Museum oder Beichtstuhl klappen immer.)

- Auf was für Männer stehst du, sowohl was das Äußere als auch die Persönlichkeit angeht?

Die letzte Frage wird mit 100%iger Sicherheit die **Gegenfrage** hervorrufen, auf was für Frauen du wohl stehst. Deine Antwort sollte soweit Spielraum zur Interpretation übrig lassen, sodass zumindest nicht sofort klar ist, dass du sie damit meinst. Meiner Erfahrung nach funktioniert folgende Beschreibung sehr gut: „Die physischen Aspekte sind nicht so ausschlaggebend, solange eindeutig ist, dass sie sich um ihr Äußeres kümmert und Wert auf eine gepflegte Erscheinung legt. Ich suche nach einer Frau, die ihr eigenes Leben unter Kontrolle hat und die zufrieden ist mit dem, was sie hat. Eine Frau, die nicht zwingend einen Mann braucht, um glücklich zu sein, sondern sich einen Partner wünscht, mit dem sie ihre Lebensfreude teilen kann. Eine Beziehung, in der wir zusammen mehr darstellen als jeder für sich. Rauchst du?"

Damit gibst du nicht nur ein sehr nachvollziehbares und ehrbares Statement ab sondern stellst das Mädel gleich anschließend auch noch auf die Probe. Die implizite Message ist klar: Du bist hier nicht die Kronprinzessin! Auch ich habe **Ansprüche** und jetzt finden wir erstmal heraus, ob du denen auch gerecht werden kannst. Denn nicht nur Männer lieben die Jagd. Auch Single-Miezen brauchen eine Herausforderung. Weitere Auswahlfragen in Kombination mit ironischer Arroganz lauten: „Kannst du kochen?" oder „Schönheit ist vergänglich und profan. Mit welchen anderen Qualitäten kannst du mich für dich begeistern?"

Eine weitere Möglichkeit, um deine Präferenzen interessant zu beschreiben, geht wie folgt: „Es gibt drei Eigenschaften, die ich an Frauen besonders attraktiv finde. Die erste ist Selbstbewusstsein. Die zweite ist Leidenschaft. Und die dritte... Mhm, das sage ich dir lieber nicht." Sie wird ausflippen vor Neugier, dir die dritte Eigenschaft zu verraten, und dich fragen, warum du sie für dich behältst. „Nun, du könntest mir ja einfach was vorspielen, wenn ich dir gleich alle drei gebe. Aber mal sehen, vielleicht, wenn du deine Karten richtig spielst..." Das Ziel hierbei ist, ihr zu zeigen, dass du immer noch die **Kontrolle** über dich, die Verführung und gewisse Ansprüche hinsichtlich deiner Partnerin hast. So entsteht bei ihr der Eindruck, dass du nicht mit jedem dahergelaufenen Flittchen in die Federn steigst (schon gar nicht allein aufgrund von physischen Aspekten, wer würde denn wohl so etwas tun...), sondern sie speziell aufgrund ihrer **Persönlichkeit** attraktiv findest.
Wechsle dann einfach das Thema und gib ihr ein Kompliment wie dieses hier: „Ich hab anfangs gedacht, du wärst etwas eingebildet, aber das war anscheinend nur ein Schutzschild. In Wirklichkeit scheinst du sogar etwas unsicher zu sein. Aber jetzt wo ich dich besser kenne, finde ich dich echt sympathisch. Ich finde deine Art echt cool und es gibt da etwas, was mich echt an dir interessiert – ich habe aber noch nicht genau herausgefunden, was es ist." Und schon wieder ein Mysterium. Denn Frauen lieben Geheimnisse!

Nach dem Einmaleins der Kommunikation mit Frauen kommen wir nun zur Relativitätstheorie! Na gut, vielleicht nicht gerade Quantenmechanik aber mindestens mal Vektorenfunktionen mit partieller Ableitung dritter Ordnung. Was ich mit meinen mathematischen Analogien hier zu verstehen geben möchte, ist Folgendes: Ich werde dir nun eine Gesprächstechnik verraten, die deinen Kommunikationserfolg auf ein komplett neues Level boosten wird – und das nicht nur mit Frauen sondern ebenso im Beruf sowie mit Freunden oder der buckligen Verwandtschaft. Überall einsetzbar!

In einem ersten Schritt geht es darum, sich bewusst zu machen, in welchem Ausmaß man die Äußerungen seines Gegenübers nutzt, um eine **persönliche Verbindung** herzustellen. Am besten lässt sich das mit einem Beispiel verdeutlichen: Angenommen, das Fräulein deiner Wahl sagt „Ich würde wirklich gerne mal nach New York reisen. Ich war da noch nie." Nun hast du mehrere Optionen, auf diese Information von gleichgültig bis mega-empathisch zu reagieren:

a) „Soll ja ganz schön gefährlich sein da." (unpersönlicher Allerwelt-Kommentar - miserabel!)

b) „Ein Kumpel von mir hat da mal ein Austauschjahr gemacht." (Drittperson - langweilig!)

c) „Ja, da würde ich auch gerne mal hin." (billige Feststellung von Gemeinsamkeiten - schlecht!)

d) „Cool, da kannst du bestimmt gut shoppen gehen." (Logisch-rationale Bestätigung - höchstens mittelmäßig!)

e) „Wow, New York! Wenn du da durch die Straßen schlenderst, kommst du dir bestimmt vor wie in einem Hollywoodfilm, mit all den gelben Taxis, dem Großstadtlärm, den unzähligen Menschen, den bunten Werbetafeln am Times Square und einem erfrischenden Spaziergang durch den Central Park. Das muss echt ein toller Urlaub sein!“ (Positive emotionale Bestätigung in Kombination mit äußerst bildlicher Sprache - schon viel besser!)

f) Nachträglich zum vorherigen Kommentar noch hinzufügen: „Du scheinst jemand zu sein, dem von Zeit zu Zeit etwas Action richtig gut tut und der all den Trubel und das reiche kulturelle Angebot zu schätzen weiß. Du würdest den Vibe dort bestimmt genießen, die ganze Energie, die verschiedenen Menschen und Kulturen, die unbegrenzten Möglichkeiten!“ (Jetzt redest du nicht mehr nur über die Stadt sondern vielmehr über ihre eigene Persönlichkeit, welcher Frau könnte das Kompliment nicht gefallen - eine glatte Eins Plus mit Sternchen!)

Hast du gemerkt wie du aus demselben profanen Statement komplett **unterschiedliche Gesprächsqualitäten** erschaffen kannst? Mache dir aktiv bewusst wie intensiv du im Alltag auf andere Menschen eingehst. Meistens sind unsere Kommunikationsmuster unbewusst abgespeichert. Sobald du anfängst, mit jedermann etwas mehr in die Tiefe zu gehen, wird es sich auch beim Date komplett normal anfühlen. Wichtig ist nur, dass du ein paar Tage bewusst darauf achtest und deine Ausdrucksfähigkeit sowie deine Assoziationsfähigkeit im Alltag auf diese Aspekte hin trainierst.

Frag sie, ob es etwas in ihrem Leben gibt, das sie mit ganzem Herz und ganzer Seele gerne tut. Alles ist erlaubt, egal ob Freunde treffen, Zeit mit der Familie verbringen oder Ballett tanzen. Zeig ihr, dass du verstehst, warum sie sich so gut dabei fühlt. Die Strategie dahinter ist wieder einmal, stark positiv besetzte **Themen mit emotionaler Bedeutung** herauszufiltern, sich darüber mit ihr zu identifizieren und ihr das gleiche **Wohlsein zurückzuspiegeln**.

Geeignete Themen sind Leidenschaften, Hobbys, Kindheitserinnerungen, Träume und Wünsche für die Zukunft sowie Personen, die uns nahe stehen. Anschließend nutzt du dieses Gefühl, auf komplett gleicher Wellenlänge zu sein, um direkt eine noch **tiefergehende Anschlussfrage** zu stellen und achtest außerdem darauf, während dieser „Wir-redeten-die-ganze-Nacht-hindurch"-Momente niemals den Augenkontakt abzubrechen.
Im Endeffekt musst du deinen eigenen Stil finden und pflegen, um all dies authentisch in deine Gesprächsmuster zu integrieren. Im Folgenden jedoch habe ich dir noch ein paar weitere Beispiele zusammengestellt.

Nehmen wir mal an, sie hat auf die Frage nach **Leidenschaften und Hobbys** tatsächlich mit langjährigem Ballett geantwortet (Sehr gute Wahl, mein Freund, Balletttänzerinnen haben eine 1A Körperspannung, wenn du verstehst, was ich meine!). Jedenfalls könnte deine Antwort dann so ausfallen: „Wow, so cool! Du musst echt sehr diszipliniert sein, dafür dass du für so lange Zeit dabei geblieben bist. Ich meine, wenn du Kind bist, ist so ein Wochentermin relativ einfach einzuhalten, aber sobald du älter wirst, kommen so viele neue Verpflichtungen und Interessen hinzu." (Dieses Kompliment lässt sich für zeitintensive Hobbys, jegliches Musikinstrument und alle Sportarten verwenden, die auf Wettkampfniveau ausgeübt werden.) Oder wenn sie regelmäßig in die Tanzschule geht: „Das muss bestimmt Spaß machen. Die meisten Menschen haben ihre Vollzeitjobs, kommen abends nach Hause und hauen sich nur noch vor den Fernseher. Es ist wirklich schön, mal jemanden zu treffen, der noch so ein dynamisches und ausdrucksvolles Hobby hat. Viele denken ja, beim Tanzen geht es nur darum, Schritte auswendig zu lernen und vorzuführen. Meiner Meinung nach bringt Tanzen die Seele in dir zum Vorschein. Du kannst wie ein Roboter perfekt alle Bewegungen einstudieren, aber erst wenn du die Musik und den Rhythmus lebendig in dir fühlen kannst, tanzt du wirklich.

Ich kann mir auch vorstellen, dass du deine Gefühle und Stimmungen beim Tanzen auf ganz andere Art und Weise körperlich ausdrücken kannst als das so im Alltag möglich ist, fast wie ein Maler mit dem Pinsel auf der Leinwand oder ein Musiker mit seinem Instrument. Wenn du ganz im Moment aufgehst und dich nichts mehr zurückhält, kommunizierst du ausschließlich mit den Bewegungen deines Körpers. Da muss ich direkt an die prähistorische Vorzeit denken, bevor wir uns mit verbaler Sprache verständigen konnten, als wir mit Ritualen, Trommeln, Tanz und Körpersprache unsere Emotionen signalisierten. Ich würde dich echt gerne mal auftreten sehen!"

Das klingt alles sehr blumig, ja geradezu schnulzig. Muss der Text so nach Kitsch stinken? Ja, der muss stinken! (Höhö!) Als Mann, noch dazu etwa mit einem technischen Beruf, lernt man sich kurz und bündig auszudrücken. Hier werden antrainierte Arbeitsangewohnheiten genutzt, die beim Flirten eher kontraproduktiv sind. Allgemein haben es deshalb auch Künstler, Schriftsteller und Musiker in der Verführung einfacher, weil Sie es gewohnt sind, die **Gefühle** von Menschen anzusprechen. Das musst du dir eventuell bewusst machen und dann nach neuen Ausdrucksformen für dich suchen. Beim Angeln geht es beispielsweise darum, die stille Natur zu genießen, ganz mit sich und seinen Gedanken zu sein sowie Geduld, Überraschung und Aufregung zu erfahren, wenn plötzlich etwas anbeißt. Partymachen am Freitagabend zielt darauf ab, wie man die ganze Woche über von der Arbeit gestresst war und dann endlich diesen einen Moment genießen kann, wenn man im Kreise seiner Freunde auf das Wochenende anstößt und alles andere vergisst. Fotografieren (sowie alle anderen künstlerischen Hobbys) setzen voraus, dass man die Welt mit anderen Augen sieht als die meisten Menschen. Es geht um die Fähigkeit, Schönheit auch in den kleinsten Details des Lebens und an unerwarteten Orten wahrzunehmen. Und so basteln wir uns unseren Draht zum Herzen einer Frau!

Gerne stelle ich auch die Frage: „Gibt es eine Sache, zu der du einfach niemals Nein sagen kannst?“ Dann kannst du beschreiben wie gut es doch schmeckt, so ein Stück Schokolade zu essen, wie es sich anfühlt, wenn der kleine Brocken langsam im Mund dahinschmilzt und nach und nach sein herrliches Aroma freigibt etc. Du kannst dann quasi dabei zuschauen wie sie in einen begehrlichen Zustand hineingleitet. (Und mal ganz nebenbei bemerkt: Ja, Schokolade wirkt auf die meisten Frauen wie ein mildes Aphrodisiakum!) Genauso kannst du ihre Antwort auf die Frage nach dem Traumurlaub als Vorlage nehmen, um wieder ganz **bildlich und sinnlich zu beschreiben**: „Nice, Strandurlaub in Mexiko! Allein das Gefühl, wenn du auf dem warmen Sand liegst, der Wind weht sachte durch dein Haar, die Sonne scheint dir ins Gesicht, das Rauschen des Meeres im Ohr…“ Und da hast du noch nicht mal von mystischen Aztekentempeln, tropischen Dschungelexpeditionen oder schwerelosem Schnorcheln in faszinierender Unterwasserwelt erzählt… Na, macht’s langsam Klick bei dir?

Sobald du etwas mehr Erfahrung mit hochempathischen Gesprächen hast, solltest du dazu übergehen, deine Fragen durch **spezifische Vermutungen** zu ersetzen. Äußere einfach eine witzige oder schlichtweg eine berechtigte Annahme darüber, woher sie kommt, was sie macht, oder welches Essen sie mag. Du kommst an die gleichen Informationen wie durch direktes Nachfragen, aber es ist ungleich unterhaltsamer für Madame, wenn du verkündest: „Du klingst ganz leicht so, als ob du aus Süddeutschland kommst. Mhm, und mit den langen lackierten Fingernägeln und der Hipsterbrille arbeitest du bestimmt in einer Marketingagentur. Nein? Sicher nichts, was mit Medien zu tun hat? Nicht mal Social Media Manager? Privat bestimmt! Lass mich raten, du bist Sternzeichen Fische.“

Das gleiche Spiel klappt sogar beim Ansprechen von unbekannten Schönheiten im Kaufhaus: „Hallo! Lass mich raten: Du wartest hier gerade auf dein Blind Date Oskar, ein Typ, den du im Internet kennengelernt und noch nie im echten Leben getroffen hast. Er wird ein rosarotes Poloshirt tragen und das Erkennungs-Codewort ist Miezekatze, richtig?!" Wenn du es gut vorträgst, wird sie sich vor Lachen kaum halten können und dir dann erklären, was sie eigentlich gerade vorhat. Oder noch besser: Sie spielt mit und ihr habt einen unvergesslich lustigen, ersten Moment zusammen. In jedem Falle kannst du nachsetzen: „Spaß beiseite. Du siehst so aus, als wärst du schon den ganzen Tag unterwegs am Shoppen und hast unzählige Sachen anprobiert. Deine Beine haben definitiv eine Auszeit und du dir einen Kaffee mit mir verdient. Komm, ich lad dich ein!"

Die Königsklasse der spezifischen Vermutungen ist dann erreicht, wenn du ihre **Persönlichkeit und Charaktereigenschaften** errätst und ihr deren positive Aspekte emotional verpackt zurückspiegelst. Dies kann unglaublich intensive Gefühle der Verbundenheit auslösen, wenn du es richtig anstellst. Ich mache daher nach kurzer Beobachtungszeit direkt Aussagen darüber, ob sie eher introvertiert oder extrovertiert ist, ob sie eher antreibt oder lieber der Gruppe folgt, ob sie ein abgedrehtes Partygirl oder ein intelligenter Bücherwurm ist, freizeitorientiert oder pflichtbewusst, erfolgreiche Karrierefrau oder fürsorglicher Familienmensch etc. Egal welchen Eindruck du von ihrer Persönlichkeit hast, man kann immer etwas Positives daran finden und sich darüber mit ihr verbinden. Außerdem kannst du sie anschließend um eine Selbsteinschätzung bitten und ihre Antwort mit deinen Mutmaßungen sowie mit deinen eigenen Vorlieben bezüglich der perfekten Partnerin abgleichen. Eine perfekte Vorlage also, um ein weiteres Mal deine hohen Standards deutlich zu machen.

Aber Vorsicht: Chemie ohne sexuelle Anziehung führt ausnahmslos auf die „Lass uns Freunde sein"-Schiene und wenn man einmal in diese Schublade gesteckt worden ist, kommt man kaum mehr aus der Friendzone heraus.

Wie du sexuelle Anziehung bereits in der Gesprächsphase vor und während des Dates generierst, lernst du anhand von praktischen Beispielen in meinem umfangreichen Dating Ratgeber „Zu Mir oder Zu Dir - Das Flirt & Dating Handbuch für erfolgreiche Verführungen". Falls dir dieses Unterkapitel zur empathischen Kommunikation gefallen hat, kannst du dir das komplette eBook mit vielen weiteren hilfreichen Dating-Tipps bei Amazon besorgen.

6. Danksagung

Klasse!

Du hast nun alles gelernt, was du zu deinem Durchbruch als Gedankenleser brauchst!

Selbst falls du dich nicht dafür entscheidest, dein neu gewonnenes Wissen von heute an aktiv anzuwenden, so wirst du trotzdem indirekt davon profitieren, weil du für den Rest deines Lebens keinem Trickbetrüger mehr auf den Leim gehen wirst, der versucht, dich mit warmen oder kalten Lesetechniken übers Ohr zu hauen. Ich hoffe jedoch, dass dich die vielen Beispiele und anschaulichen Techniken dazu animieren, vielleicht einmal selber mit deinen Freunden und Bekannten ein erstes Gedankenlese-Experiment zu starten.

Lass dich nicht entmutigen, wenn am Anfang nicht alles glatt läuft - das gehört zum Lernprozess dazu, und mit altbekannten Personen ist es sowieso schwieriger, eine ernsthafte Lesung durchzuziehen als mit neuen Bekanntschaften. Darum solltest du, sobald dir die Persönlichkeitsanalysen flüssig von der Zunge gehen, auch mal eine dir unbekannte Person in den Genuß deiner neuen Kompetenzen kommen lassen. Das Erstaunen wird umso größer sein und an deine Lesung wird sich dein Gegenüber vermutlich noch für lange Zeit erinnern. Falls du hingegen lernen möchtest wie du am besten einen bleibenden Eindruck bei deiner Zielperson im romantisch-sexuellen Sinne hinterlässt, empfehle ich dir, auch nach anderen Büchern von mir auf Amazon Ausschau zu halten. Im nachfolgenden Bonuskapitel gibt es jetzt noch einen kleinen Auszug aus meinem Dating Ratgeber, der dir anhand eines praktischen Beispiels einige wirkungsvolle Anregungen zur erfolgreichen Vorgehensweise im Verführungsprozess geben wird.

Ich bedanke mich nochmals für dein Interesse und dein Vertrauen und wünsche dir, dass du sowohl als fortgeschrittener Gedankenleser als auch generell im Leben alles findest, was du dir wünschst!

Peace, Love und Knäckebrot!

Dein David Neumann

Ps: Wenn dir dieser Ratgeber gefallen hat, würde ich mich über eine Bewertung oder Rezension von dir auf Amazon ausgesprochen freuen!

7. BONUS-Kapitel: Praxisbeispiel Date (aus „Zu mir oder zu dir“)

Als weiteres Dankeschön für dein Vertrauen und Interesse folgt als kostenlose Zugabe ein Auszug aus meinem Dating Ratgeber „Zu Mir oder Zu Dir - Das Flirt & Dating Handbuch für erfolgreiche Verführungen“:

...

Zwei Tage später rufe ich Paula an. **Anzurufen** hat einfach etwas Verbindlicheres und Mutigeres als Chatten. Ich habe ihr auch in der Zwischenzeit bewusst keinerlei Nachrichten geschrieben, um die Spannung nach all der vertraulichen Chemie auf dem Balkon wieder etwas anzuheizen. Sie nimmt direkt ab und ich erzähle ihr erstmal ein paar witzige Neuigkeiten aus meinem Bekanntenkreis und eine lustige Geschichte über meinen neuen Aquariumsbewohner, einen Fisch namens Oliver, der angebliche eine sexuelle Identitätskrise durchlebt. In den ersten zwei Minuten falle ich also nicht gleich mit der Tür ins Haus und frage nach einem **weiteren Treffen** sondern gebe ihr Zeit, sich wieder mit mir als Person und dem Gedanken, mich wiederzusehen, vertraut zu machen und unsere anfängliche Verkrampftheit mit etwas **lustigem Smalltalk oder leichtem Flirten** zu lockern. Es soll aber auch kein halbstündiger Kaffeeklatsch daraus werden. Sobald sie etwas aufgetaut ist, gehe ich dann also doch zum Business über und sage: „Nun, wo wir gerade von Fisch sprechen: Ich kenne da einen unglaublich leckeren Sushi-Laden, da isst du den California Maki deines Lebens, versprochen! Wie sieht es bei dir am Donnerstagabend aus? (Werktags lastet fühlbar weniger Druck auf einem Date als am Wochenende und abends ist es ungemein einfacher, einen sexuellen Vibe aufzubauen als im grellen Tageslicht.) Läuft? Ok.

Am besten treffen wir uns an der Haltestelle Opernplatz. Was passt dir besser, 7 oder 8 Uhr?“ Die **Illusion einer Wahlmöglichkeit**, während ich das gesamte Date bereits durchgeplant habe, lässt das alles etwas weniger aufdringlich erscheinen, auch wenn mir die genaue Uhrzeit des Treffens in Wirklichkeit ja komplett egal ist.

Dabei habe ich die **Location** sehr sorgsam ausgewählt und plane meine Dates immer an den gleichen Orten. Es geht hier nicht um das beste Lokal der Stadt sondern darum, einen Anlass zu finden, um sich direkt **in Fußnähe zu deiner Wohnung** zu treffen. Das kann eine charmante Pizzeria sein, eine stylishe Cocktailbar, ein angesagtes Arthouse-Kino oder auch eine moderne Kunstgalerie, sofern die Öffnungszeiten einen abendlichen Besuch gestatten.

Wichtig ist nur, dass du sie in der Nähe vom Bus oder der Bahn abholen kannst und dass sowohl das Etablissement deiner Wahl als auch dein Zuhause nur einen romantischen Nachtspaziergang entfernt liegen – letzteres Detail brauchst du ihr übrigens nicht im Vorhinein zu erzählen. Wenn ihr dann schließlich das Lokal verlasst oder verlassen müsst (am besten eignen sich Orte, die gegen 22:00 Uhr schließen), dann kannst du sie dazu einladen, „nur ganz kurz noch“, denn musst ja „morgen früh raus“, bei dir Zuhause vorbeizuschauen, was ja „gleich um die Ecke“ liegt. Am besten hast du dafür einen weiteren **Vorwand** parat wie beispielsweise diesen wunderschönen Bildband über Balis Traumstrände, den du vorher im Gespräch strategisch klug erwähntest, deine schmusesüchtige Perserkatze oder die astrein erhaltene Schrumpfkopfsammlung aus urgroßväterlichen Kolonialzeiten. Ich benutze meistens ein zu unserem Gespräch passendes Buch, welches ich ihr ausleihen möchte, als Ausrede oder einen ausländischen Drink (Cachaça aus Brasilien, Portwein aus Portugal, Cusco aus Peru usw.), den ich Zuhause vorrätig habe und von dem ich ihr nach dem Essen vorschwärme. Wenn genug Anziehung im Spiel ist, spielt der faktische Anlass eigentlich keine Rolle mehr. Führungsstärke und sofortige mentale Ablenkung sind das einzige, was dann noch zählt. Dazu dann gleich mehr.

Ich treffe sie also an der Haltestelle und begrüße sie mit einer Umarmung. Unser fast-Kuss auf der Hausparty zählt heute schon nicht mehr viel und ich kann nicht direkt da weitermachen, wo wir aufgehört haben. Verführungstechnisch fange ich also wieder beim **freundlich-offenen Smalltalk** an, zumindest die ersten fünf Minuten bis das Eis zwischen uns wieder etwas geschmolzen ist. Danach gehe ich in den **Verführungsmodus** mit reichlich Körperkontakt über, vertiefe und verlangsame meine Stimme, halte Augenkontakt lange und intensiv, und bringe damit erneut sexuelle Anziehung in unsere Interaktion.

Ich necke sie sporadisch mit ironischer Arroganz, gebe ihr ein Kompliment für ihr Outfit, mache dann wieder einen Witz über ihre mangelnde Ortskenntnis, während ich schon längst einen Arm um ihre Taille geschlungen habe und sie so wortwörtlich durch die von Straßenlaternen beleuchteten Straßen **führe**. (Hast du gemerkt wie viele unterschiedliche Distanz- und Annäherungsbotschaften ich bereits in den ersten Minuten gesendet habe? Emotionale Varianz Deluxe!) Je mehr verschiedene Orte du mit ihr besuchst (Bushaltestelle, Spaziergang durch das Viertel, Restaurant deiner Wahl, eventuell noch eine Cocktailbar im Anschluss, erneuter Spaziergang bis zu dir nach Hause) desto stärker wird sich ein Gefühl von Vertrautheit bei euch einstellen, ja das Date fühlt sich fast wie mehrere Treffen an ein und demselben Abend an. Viele kontinuierliche **Ortswechsel** sind daher enorm hilfreich, um schneller zu einem Vertrauensniveau zu kommen, das Sex begünstigt.

Ich halte ihr dir Tür zum Restaurant auf, helfe ihr aus der Jacke (ein echter **Gentleman** mit guten Manieren ist selten und begehrt!), nehme ihre Hand und führe sie zu einem Tisch MEINER Wahl. Führung ist und bleibt einfach King. Das wiederhole ich so oft es sein muss!

Ich rücke einen Stuhl für sie heraus, helfe ihr sich hineinzusetzen und wähle dann den **Sitzplatz neben ihr** (ganz wichtig!) für mich selbst aus. Es ist gibt kaum eine schlechtere Ausgangssituation für den Aufbau von sexueller Anziehung als sich während des ersten Dates am Tisch gegenüber zu sitzen. Denn man hat dann so gut wie keine Gelegenheit, subtil Körperkontakt aufzubauen, und schaut sich quasi gegenseitig beim Essen zu. Wenn ich dagegen neben ihr sitze, kann ich sie während des Gesprächs flüchtig berühren, in derselben Karte zusammen mit ihr das Angebot durchforsten, einfacher Leckerbissen austauschen und später meine Hand unter dem Tisch ungesehen auf ihrem Knie ruhen lassen. Wir schauen uns jetzt auch eher seitlich als direkt frontal an, was eine Menge Druck aus der Situation nimmt und sich eher nach Komplizenschaft als nach Bewerbungsgespräch anfühlt. Der Fokus kann so freier auf gemeinsamen Beobachtungen liegen – anstatt auf dem Algenblatt, was dir nach dem ersten Sushi-Happen zwischen den Schneidezähnen hängt.

Unser Gespräch läuft gut – wir scherzen, flirten, necken einander, reden dann wieder über emotionale und persönlichere Themen (**Chemie**) und tauschen vor allem nonverbale Anzeichen gegenseitiger **Anziehung** aus: Sie spielt mit ihrem Haar, lächelt mich an und schlägt dann die Augen nieder, und lässt ihren Blick ab und zu auf meinen Lippen ruhen. Ich brauche keine weitere Einladung. Ich sage einfach etwas verschmitzt: „Es gibt da übrigens etwas, das wir seit unserem Balkongespräch nachzuholen haben.“ Und dann beuge ich mich langsam und selbstsicher nach vorne und drücke ihr einen sachten Kuss auf die Lippen. Wie sie reagiert, ist mir in dem Moment egal, denn es geht allein darum, ihr früh klarzumachen, was meine Intentionen sind und dass ich keine Angst habe, für diese auch unabhängig von ihrer Bestätigung einzustehen – mal wieder Stichwort Führung. Sie macht verlegen mit, die Zunge bleibt jedoch drinnen. Ich hatte hier im Restaurant nichts anderes erwartet und lehne mich zufrieden zurück. Selbst auf eine Ablehnung hätte ich genauso unkompliziert reagiert und das Gespräch trotzdem neckisch und flirtend weitergeführt, als wäre nichts gewesen.

Ein Nein ist immer nur temporär als ein „noch nicht“ anzusehen(!), niemals als finale Antwort, denn oftmals verbirgt sich dahinter nur ein impliziter Test deiner Beharrlichkeit und damit letztendlich deines Selbstbewusstseins.

Ich bezahle die Rechnung und ersticke ihr Proteste, die Kosten zu teilen, mit dem Vorschlag, dass unser nächstes Treffen auf ihren Deckel geht bzw. ich „etwas gut bei ihr habe“ – das lässt sich dann super in Form von Rückenmassagen oder anderen Körperlichkeiten zurückzahlen, sobald ihr bei dir Zuhause seid. Um den Sprung vom Restaurant in die Höhle des Löwen zu wagen, reicht ein simples „Ich zeig dir noch schnell, wo ich wohne, das ist hier gleich um die Ecke. Ich muss zwar morgen früh raus, aber ich kann dich noch ganz kurz meinem Problemfisch vorstellen.“

Ich frage also gar nicht nach, ob sie noch mit zu mir kommen will, sondern entscheide und führe einfach wie schon den ganzen Abend (Stichwort Kontinuität!), deute dabei aber gleichzeitig an, dass ich gar nicht viel Zeit habe, und ende den Satz dazu noch mit einem scherzhaften Augenzwinkern. Dann wechsle ich sofort das Thema und **beschäftige ihren rationalen Verstand** mit einer anderen Frage oder Geschichte („Hast du den neuen Film XYZ schon gesehen?“), während ich sie an der Hand aus dem Lokal und in Richtung meiner Wohnung durch die Nacht leite. Sie leistet keinerlei Widerstand. Es hat sich ja schließlich auf natürliche Weise „alles irgendwie ergeben“.

Paula und ich befinden uns also auf dem Weg zu mir nach Hause und ich achte penibel darauf, jetzt bloß kein peinliches Schweigen aufkommen zu lassen. Von der frischen Nachtluft beflügelt setze ich weiter auf neckisch-flirtende Kommentare und reichlich Körperkontakt. Gleich zu Beginn unseres Spaziergangs biete ich ihr meinen Arm zum Unterhaken an und sie versteht den Hinweis ohne weitere Erklärungen.

Das Unterhaken eignet sich auch hervorragend, um ein paar Rentnerwitze zu machen und damit die Stimmung aufzulockern: „Pauuulaaaa?!“, krächze ich schwerhörig, „Hast du auch meine Tabletten eingepackt?“ Wir beschweren uns lautstark über nicht ganz sauber geparkte Autos („Früher war alles besser! Diese Unzucht und Unordnung der respektlosen Jugend ist wirklich unerhört!“), greifen nach imaginären Rollatoren und humpeln lachend durch die Nacht. Die Überleitung zu einem tiefgründigeren Gespräch darüber, wie wir uns unsere persönliche Zukunft und unseren Alterssitz im Grünen ausmalen, ist ein Kinderspiel. Ich kann die Chemie zwischen uns quasi brodeln hören.

...

Wenn du wissen möchtest, wie es zwischen Paula und mir in dieser Nacht weitergegangen ist, dann erfährst du die komplette Geschichte in meinem umfangreichen Dating Ratgeber „Zu Mir oder Zu Dir - Das Flirt & Dating Handbuch für erfolgreiche Verführungen“.

*Den **Link** dazu findest du hier:*

https://www.amazon.de/dp/B01F5X0NR6

8. Weitere Bücher von David Neumann:

Zu Mir oder Zu Dir - Das Flirt & Dating Handbuch für erfolgreiche Verführungen

Tinder Meistern - Mit der Online Dating App erfolgreich zur glücklichen Beziehung, heißen Flirts, oder unverbindlichem Sex

Rechtliches und Impressum:

Ich bin stets bemüht, alle Informationen und Angaben in diesem Buch korrekt und auf dem neuesten Stand zu halten. Leider ist es trotzdem nie vollkommen ausgeschlossen, dass Fehler oder Unklarheiten entstehen. Aus diesem Grund übernehme ich keine Gewähr für Aktualität, Richtigkeit, Qualität und Vollständigkeit dieses Werkes. Für Schäden, die durch die (Nicht-)Nutzung dieser Informationen, sowohl mittel- als auch unmittelbar entstehen, hafte ich nicht.

Für Hinweise auf Fehler wäre ich Ihnen sehr dankbar!

David Neumann wird vertreten durch:

Willi Schilske
Portal Nou 26, 2°-2ª
08003 Barcelona
Spanien

16250649R00063

Printed in Poland
by Amazon Fulfillment
Poland Sp. z o.o., Wrocław